VIE

DE

KARABET MANOUC-OGLOU.

IMPRIMERIE DE FIRMIN DIDOT,
RUE JACOB, N° 24.

KARABET MANOUG-OGLOU

Arménien d'Amasie

Ancien Banquier du redoutable Caïmacam Tahir Pacha
et du Célèbre Vésir Ali Pacha de Jannina G.c G.c G.c
présentement à Paris.

VIE

DE

KARABET MANOUC-OGLOU,

ARMÉNIEN,

ANCIEN BANQUIER A CONSTANTINOPLE,

DU CÉLÈBRE CAÏMACAN TAHIR-PACHA,

ET

DU REDOUTABLE VISIR ALI, PACHA DE JANINA,

RÉDIGÉE PAR **J. N. B. DUPLANTIS**,

AVOCAT A LA COUR ROYALE DE PARIS,

SUR LES RENSEIGNEMENTS FOURNIS PAR

KARABET ET P. D. DE MISSIR, SON COMPATRIOTE;

ACCOMPAGNÉE D'UNE NOTICE SUR ALI-PACHA.

AU PROFIT DE KARABET.

A PARIS,

CHEZ FIRMIN DIDOT, IMPRIMEUR-LIBRAIRE,

RUE JACOB, N° 24.

1828.

AVANT-PROPOS.

Dans un moment ou l'attention publique se porte de plus en plus vers l'Orient, le public verra peut-être avec plaisir, quelques détails sur la Turquie, semés dans la narration de la vie d'un Banquier Arménien, d'un fugitif de Constantinople, dont les derniers malheurs dans cette capitale, ont été causés par la révolte du terrible Ali, pacha de Janina.

Il verra sans doute aussi avec intérêt, une notice sur la vie de ce redoutable pacha, dont l'insurrection, doublement funeste à la Porte Ottomane, a encouragé et facilité celle des Grecs.

VIE

DE KARABET MANOUC-OGLOU.

KARABET MANOUC-OGLOU, âgé de 73 ans, naquit dans le pays des Amazones (1) le 20 mars 1755, à Amasie même (2), très-ancienne ville de l'Asie mineure, située dans l'Anatolie, province com-

---

(1) Les Amazones, femmes guerrières, occupaient de vastes pays depuis l'Anatolie jusqu'en Cappadoce, où elles se tenaient souvent sur les bords du fleuve Thermodoon. L'histoire rapporte qu'elles ne souffraient point d'hommes avec elles, que cependant elles en recevaient une fois l'an, et qu'ensuite elles les renvoyaient; mais que pour en avoir il fallait auparavant qu'elles eussent tué trois de leurs ennemis.

Elles estropiaient ou faisaient mourir leurs enfants mâles, et élevaient avec soin leurs filles, auxquelles elles brûlaient la mamelle droite; elles les exerçaient constamment à tirer de l'arc. De grandes guerres furent soutenues par elles contre leurs voisins avec différents succès. Elles furent presque détruites par Hercule, qui fit prisonnière leur reine Hippolyte, dont il fit présent à Thésée. Apollon, plus heureux, n'eut point à leur faire la guerre; au contraire il mit fin à celle qu'elles soutenaient contre les Grecs, de là son surnom d'Amazonius. Voir Diod., liv. III, Plin., liv. VI.

(2) Amasie est le lieu de la résidence d'un pacha, près de la

prise dans la grande Arménie (1). Ses parents étaient nobles, et riches propriétaires de biens fonds; ce qui ne les empêchait pas de s'occuper d'opérations commerciales et notamment de banque. Ils professaient la religion chrétienne, dans laquelle ils firent élever leurs enfants. Karabet était l'aîné de ses frères. Son père, homme respecté dans toute l'Arménie pour sa probité, sa prudence et son esprit conciliant, lui donna une éducation aussi distinguée que le permettaient les ressources du pays, et dirigea toutes ses idées comme toute son ambition vers le commerce, dans la pensée, sans doute, qu'il demeurerait ainsi à l'abri des orages politiques et des infortunes qui, trop souvent dans l'Orient, sont le partage des hommes qui recherchent le pouvoir. On verra que la prudence du père de famille a été mise en défaut, que ses vues ont été bien trompées, et que l'adversité a exercé toutes ses ri-

---

rivière d'Iekil-Ermak, à 12 lieues nord-ouest de Toca, six lieues sud de la mer Noire. Elle a vu naître Strabon, géographe célèbre, qui florissait sous Auguste et Tibère, et dont nous possédons la Géographie en 17 livres, monument de l'érudition et de la sagacité de son auteur.

(1) L'Arménie, grand pays d'Asie, borné au midi par l'Euphrate, confinant au nord à la Géorgie, l'une des contrées les plus belles et les plus fertiles de l'Asie, arrosée par plusieurs grands fleuves, se divise en Arménie turque et en Arménie persane, dont les Russes possèdent aujourd'hui une grande partie.

gueurs sur le fils qu'il avait cru en sûreté en le plaçant sous la protection du dieu à qui Jupiter même attacha des ailes à la tête et aux talons.

Karabet se conforma aux intentions de son père, et s'instruisit de son mieux dans le négoce, il y fit de tels progrès, qu'à l'âge de 17 ans il dirigeait presque seul les affaires de la maison. Il gagna l'estime et la confiance des grands de sa province, et forma, pour son compte, une maison de banque, qui eut pour correspondants les fermiers des douanes impériales, les gouverneurs des pays voisins et d'autres personnages d'une haute considération. A 18 ans, son père songeait déja à le marier. Il le fit fiancer avec la fille d'A-gob-Aga, prince de la grande Arménie, qui était venu s'établir à Toca, ville distante de douze lieues d'Amasie.

Selon l'usage du pays, les jeunes époux ne voient point leurs futures avant les fiançailles. Karabet ne connaissait nullement l'épouse qui lui était destinée; aussi n'était-il point exempt de vagues inquiétudes sur les qualités physiques et morales de celle qui devait partager sa destinée. Cependant, plein de confiance dans la tendresse de celui à qui il devait la vie, et surtout pénétré d'un profond respect pour les volontés de son père, il approuva avec empressement tout ce qu'il pouvait faire à cet égard. Était-elle laide, était-elle jolie, la fille du prince arménien, se demandait souvent le jeune Karabet, sans oser adresser aucune question à son père, qui d'ailleurs n'y aurait pas répondu. Inutile de dire qu'il la désirait très-belle avant tout, comptant ses richesses à venir pour peu de chose. Les maris d'Europe ont quelquefois des raisons pour souhaiter ne pas épouser de trop jolies femmes, parce que ces biens sont dangereux dans leur possession même, et, de plus, difficiles à conserver; mais en Asie, où l'usage n'est pas de doter immédiatement les demoiselles, où elles n'apportent en mariage que leurs vertus et leurs talents, et où les femmes y observent en général une exacte fidélité, on conçoit que la beauté y soit recherchée avec un grand empressement. Karabet eût donc regardé comme un malheur extrême de lier son sort à celui d'une femme peu favorisée des dons de la nature. Il hâtait de tous ses vœux l'instant où il pourrait contempler les traits d'Élisabeth et lire son bonheur dans ses yeux.

Ce moment si désiré arriva enfin, une entrevue fut permise aux deux jeunes fiancés, mais en présence de leurs parents et d'une suite assez nombreuse. Un hasard heureux voulut qu'Élisabeth se trouvât d'une beauté admirable, en même temps qu'elle était douée des plus rares qualités. Karabet, en la voyant, resta muet et comme immobile d'étonnement; son admiration était pleinement justifiée, aussi, à l'enthousiasme du moment succéda bien vite le sentiment le plus tendre. L'amour s'empara fortement de son cœur, heureux qu'il était de penser que son devoir et son penchant allaient s'accorder pour former les plus doux nœuds. L'image d'Élisabeth se grava profondément dans son ame, et depuis ce temps, ni l'absence, ni les malheurs, ni les longues années, n'ont pu en effacer les traits.

Après l'entrevue, Karabet resta long-temps sans revoir sa fiancée, qu'il ne devait épouser qu'après avoir atteint l'âge de vingt-un ans. Il lui semblait impossible d'attendre ce terme, depuis qu'il avait contemplé des charmes qu'il adorait. Il songea donc aux moyens de faire abréger les délais fixés, et après maintes supplications, il obtint en effet que les noces seraient rapprochées. A vingt ans juste il fut marié.

Les cérémonies eurent lieu en octobre 1775, mois où le soleil colore l'Orient de ses feux les plus brillants, et où la nature, toujours riche dans ces climats privilégiés, présente ses plus beaux ornements. Le mariage fut béni par l'archevêque arménien; les noces durèrent quinze jours et furent d'un luxe et d'une magnificence remarquables. On sait qu'en ces occasions, comme pour les baptêmes, les Orientaux déploient toutes leurs ressources pour marquer avec dignité un événement qui va former une famille nouvelle et dont le souvenir doit long-temps charmer les époux comme les parents eux-mêmes. Chaque jour voit des invitations nouvelles, une musique continue et variée se fait entendre; le soir amène des illu-

minations en verres de couleurs, dont l'usage a
été importé en France, des distributions d'aumônes abondantes sont faites aux pauvres, tant
en argent qu'en vivres; enfin, il s'y fait une dé-
pense, pour ne pas dire une profusion, qui toujours n'est pas contenue dans de justes bornes.

Les invités sont dans l'usage de contribuer aux
dépenses des habits de noces des deux époux, en
remettant au tailleur chargé de les confectionner,
une somme d'argent qui souvent excède la valeur
des vêtements. La cérémonie de la collecte pa-
raîtra bizarre; voici comment elle se pratique :
la veille des noces, les parents et les amis des
conjoints se réunissent dans un grand salon. Les
vieillards se placent sur les premières banquet-
tes, les dames sur les secondes, les jeunes gens
sur les dernières, et si le salon est garni de so-
phas ou d'ottomanes, les vieillards ne font nulle
façon de s'y placer, d'y croiser les jambes ou
même de s'y coucher. On leur apporte du tabac
d'agréable odeur, bientôt toutes les pipes sont
allumées. Alors entre le tailleur suivi de ses aides.
Il se place sur le parquet au milieu de la pièce,
croise aussi les jambes et déroule gravement les
pièces de drap et autres étoffes qui doivent servir
à l'habillement des époux. Ses ciseaux sont dans
ses mains, il les approche du drap en annonçant
qu'il va procéder à la taille des habits; il paraît
prendre toutes ses mesures pour bien réussir, les
assistants sont attentifs à tous ses mouvements et

examinent s'il joue bien son rôle. Tout à coup le tailleur s'interrompt, il se fâche contre son instrument qui refuse le service ; il s'arrête et dit à l'assemblée que ses ciseaux ne coupent pas, qu'il est désolé, mais qu'il ne pourra faire son travail.

A ces mots les spectateurs se mettent à rire, ils applaudissent, et chacun lui jette une bourse pleine de pièces d'or ou d'argent, en lui recommandant de faire aiguiser ses ciseaux et de ne pas manquer de livrer à l'heure dite les habillements bien confectionnés. L'artiste ramasse ces sommes, plie ses étoffes, promet tout ce qu'on exige de lui et se retire presque toujours pleinement satisfait.

La gravité asiatique se prête peu à la danse, aussi est-elle abandonnée aux enfants ou à des danseurs de profession, qui sont payés à cet effet. Quoique tout se fasse avec calme et tranquillité, cela n'empêche pas la présence d'une garde armée qui vient s'installer dans le lieu de la fête. Il n'y a point de noces sans zéibecks, de même qu'en France il n'y a point de fêtes sans gendarmes. Pour faire un mariage, il faut en demander la permission au gouverneur du pays et commencer par lui remettre une bonne somme d'argent. Le gouverneur délivre le permis ; puis il envoie d'office une garde, sous le prétexte d'assurer la tranquillité de la famille et des conviés. Le nombre des zéibecks, soldats asiatiques, bons guerriers mais sans tactique, varie suivant la fortune des époux. Le nouveau marié est obligé de les loger,

de les nourrir et de les payer. Souvent il arrive que
le chef des zéibecks est indiscret, qu'au lieu d'un
petit nombre de soldats, qui la plupart du temps
ne sont pas nécessaires au maintien de l'ordre, il
en envoie plus de cinquante à la fête; c'est ce qui
arriva aux noces de Karabet, qui d'ailleurs se ter-
minèrent à la satisfaction générale.

Les Arméniens soumis pour la plupart à la foi
catholique et tous à l'évangile de Jésus-Christ,
n'admettent point, comme les Turcs, disciples de
Mahomet, et comme une partie des Grecs, de
concubines dans leurs maisons. Intérieurement
et extérieurement ils montrent, en général, une
grande régularité de mœurs. Adonnés au commerce ou cultivant les sciences et les arts, ils
vivent en paix entre eux, et leurs familles pré-
sentent presque toujours l'exemple de la concorde
et de l'union. Leur amour du travail les met dans
l'aisance, et leur probité exacte les a toujours fait
estimer dans l'Orient comme dans tous les pays
où le sort a pu les jeter. On a souvent reproché
aux Grecs d'aimer les aventures et même la pi-
raterie: jamais ce reproche n'a été adressé aux
Arméniens, vivant pourtant parmi les Grecs,
et exploitant les mêmes branches de commerce
qu'eux aux échelles du Levant. Dans la terrible
persécution que le Grand-Seigneur vient de
faire éprouver depuis un an aux Arméniens à
Constantinople, persécution qui en a chassé plus
de trente mille de la capitale pendant l'hiver

dernier, on les a vu donner tous les exemples du courage et de la résignation. Sacrifiant sans hésiter leur fortune et leur vie même, ils n'ont jamais voulu faire le sacrifice de leur croyance et de leurs mœurs. Les feuilles publiques ont souvent mentionné le courage des femmes arméniennes qui se sont opposées constamment à toutes concessions humiliantes qu'auraient pu faire leurs maris vis-à-vis de la Porte, aimant mieux aller vivre errantes avec eux que d'abandonner un seul point de leur religion. (Voir *le Courrier français* du 10 mai 1828 et jours suivants).

On ne voit point les Arméniens courir les pays étrangers pour solliciter la pitié publique et obtenir des aumônes à l'aide d'exposés vrais ou faux. Leur ressource contre les proscriptions et les confiscations a toujours été dans le travail. Le despotisme et la violence détruisent leur fortune, mais ne sauraient abattre leur courage. Souvent ils le font consister aussi ce courage à cacher l'étendue de leurs maux, à comprimer leurs plaintes, et Karabet est le premier qui ait cru devoir publier en France le récit de ses malheurs, suivant en cela le désir de quelques amis plutôt que ses propres inspirations ; car il sait se contenter de vivre obscurément du produit de ses parfums.

Mais, reprenons le cours de son histoire, qui pourtant n'est pas trop triste jusqu'à présent : après deux ans de mariage, Élisabeth Agob donna le jour à un fils, qui fut appelé Boghos (Paul). Successivement elle eut trois autres enfants, dont deux filles d'une beauté remarquable. Les affaires de Karabet ayant pris une grande extension, sa correspondance avec Constantinople devenant de plus en plus active, il crut désormais sa présence nécessaire en cette ville, où il avait depuis long-temps avec Gaspard Thérésias une communauté d'intérêts assez importante. Il se décida à quitter l'Anatolie son berceau chéri, sa patrie adorée, et à venir en Europe avec sa famille. Combien il a dû regretter souvent une contrée où il n'avait passé que des jours fortunés ! avec quelle douleur ses regards se sont portés maintes fois vers la rive orientale et combien au déclin de sa vie il désire vivement revoir des lieux témoins du bonheur si pur qu'il y a goûté !

A Constantinople, il régularisa son association avec Thérésias : il devint le banquier de plusieurs visirs (vice rois), notamment du redoutable Ali pacha de Janina et du caïmacan Tahir pacha (1). De concert avec son associé, il fit plusieurs expéditions de navires chargés de marchandises pour la Russie, pour la Krimée et pour Odessa prin-

______

(1) La dignité de caïmacan vient immédiatement après celle de grand-visir. Lorsque ce dernier s'absente, ou va à la guerre, les fonctions du visiriat (du sadirazame), sont remplies par le caïmacan.

cipalement. D'après ses conseils, ses deux frères
étaient allés s'établir dans cette dernière ville,
où il eut occasion de les y voir dans plusieurs
voyages dont il sera parlé. Ils devinrent ses correspondants habituels, et réussirent assez bien dans
leurs entreprises. Pendant une longue suite d'années, les affaires de Karabet allèrent à merveille;
aucun accident grave ne vint troubler sa prospérité; il put se considérer comme ayant été véritablement heureux jusqu'à la fin du dernier siècle,
et même pendant les six premières années de
celui où nous sommes; mais passé l'âge mur il
n'a plus éprouvé que des revers. Il reconnaît aujourd'hui que c'est avec raison qu'on représente
la fortune sous les traits d'une jeune femme, et
qu'elle n'accorde ses faveurs qu'aux jeunes gens.
Tant qu'il fut dans l'âge de la jeunesse, elle le
combla de tous les biens qu'il pouvait souhaiter;
mais, atteint par la vieillesse, elle n'a su que lui
faire connaître ses rigueurs, en les appesantissant
sur lui, en raison inverse de tout le bonheur
qu'elle lui avait accordé précédemment.

Le sultan Sélim régnait à Constantinople. En
1804 il promulgua un nizam-djedi (constitution
nouvelle concernant l'administration intérieure
de l'empire), contre laquelle un prince puissant,
gouverneur presque absolu de plusieurs provinces
de l'Asie-Mineure, le vieux Zapano-Oglou, pro-
testa vivement. La Porte ottomane, dont ce prince
tributaire, voulant punir son audace, en-

voya contre lui une armée de plus de cent mille zeibecks commandés par le caïmacan Tahir-pacha, général devenu célèbre par de nombreux succês dans des guerres précédentes et qui avait su gagner au plus haut point l'affection des janissaires. Ces derniers le virent partir avec regret; ils auraient voulu l'accompagner, ce qui ne fut permis à aucune de leurs ortas. Quoi qu'il en soit, avec un nombre aussi considérable de zéibecks, la victoire paraissait assurée dans les mains de Tahir-pacha; il y comptait si bien, qu'il avait promis de rapporter la tête de Zapano-Oglou; mais le sort en décida autrement; le vieux rebelle instruit du sort qui lui était réservé s'il succombait, se battit avec le courage du désespoir; en trois rencontres successives, il défit l'armée de Tahir, lui tua plus de vingt mille hommes de ses meilleures troupes, et poursuivit le reste jusque sur les bords de la mer Noire.

Honteux autant qu'accablé d'une aussi cruelle défaite, abandonné du petit nombre d'hommes qui lui étaient restés après la déroute, Tahir-pacha se garda bien de retourner à Constantinople, certain qu'il était de perdre la vie en y arrivant, car c'est un des usages barbares de la Porte de punir presque toujours de mort les généraux qui n'ont pas su ou n'ont pas pu vaincre. Il s'embarqua sans suite pour la Krimée, où il se mit sous la protection de la Russie; il y fut reçu avec les égards que l'on doit au malheur; mais il était sur le point de manquer de moyens d'existence, lorsque Karabet par l'entremise de ses frères lui fit remettre une assez forte somme d'argent avec une lettre de crédit sur leur maison d'Odessa. Tahir fut vivement touché de l'attention de son banquier de Constantinople ; il en témoigna sa reconnaissance aux frères de Karabet, se dérobant à tous les regards et continuant de cacher sa douleur, au fond de sa retraite, en attendant qu'une occasion favorable pût l'en faire sortir.

En 1806 survint une catastrophe qui renversa du trône le sultan Sélim et mit à sa place le sultan Mustapha, homme faible et inhabile. Les janissaires, qui n'avaient point oublié leur ami et leur bienfaiteur Tahir-pacha, saisirent l'occasion de l'avénement du nouvel empereur pour demander avec instance le rappel du fugitif. Le sultan se rendit promptement à leurs vœux, fit dresser l'itlac (acte de pardon) de Tahir et le confirma dans sa charge de caïmacan. Par l'entremise de l'ambassadeur de Danemark, alors seul représentant des puissances de l'Europe à Constantinople, depuis que la guerre existait avec la Russie, la Porte fit savoir au pacha qu'il pouvait quitter la Krimée et revenir sans crainte dans sa patrie. L'ambassadeur voulut bien se charger de noliser le bâtiment qui devait aller à Odessa et le couvrir du pavillon de son gouvernement. Il fit appeler Karabet qu'il connaissait depuis long-temps, lui confia l'objet de l'expédition qu'il allait faire et réclama ses soins ainsi que ceux de ses frères de la Krimée.

Karabet fit avec le plus grand empressement tout ce que l'ambassadeur réclama. Renseignements, instructions à l'équipage, réunion des moyens de transport, munitions pour le navire, tout fut rassemblé par son entremise; mais pour prix de ses peines il crut pouvoir demander la faveur de charger quelques marchandises pour son compte particulier sur le bâtiment, permission fatale qu'il n'obtint que trop facilement. Muni de l'autorisation de l'ambassadeur, se croyant en sûreté, il chargea le navire et le fit mettre sous voiles. Depuis long-temps le sultan avait donné les ordres les plus sévères pour qu'aucune expédition de marchandises ne fût faite pour la Krimée ni pour aucune partie de la Russie, tant que durerait l'état de guerre. Le bruit de l'expédition de Karabet anima la jalousie de quelques négociants turcs qui remirent un arzoual (pétition) au grand visir, en dénonçant Karabet comme un traître à la patrie, agissant contre les volontés suprêmes du sultan, faisant passer des marchandises, des munitions de guerre, même des plans et des instructions secrètes aux ennemis de la Porte. Dès que le grand visir eut pris lecture de la dénonciation, il envoya dire au bostandgi-badchi (ministre de la justice) de donner les ordres nécessaires pour qu'on décapitât sur le champ Karabet Manouc-

Oglou. Les ordres ne tardèrent point à être expédiés ; mais heureusement que Karabet avait dans
les bureaux du bostandgi-badchi un ami dévoué
auquel il avait eu le bonheur de rendre antérieurement de très-grands services. Cet ami prit sur
lui de venir en toute hâte avertir Karabet, en le
conjurant de disparaître avec ce qu'il avait de plus
précieux, et en le prévenant que s'il y mettait le
moindre retard, sa tête allait être exposée devant
le sérail, *parce que tel était*, ajouta-t-il, *l'ordre
suprême de l'infaillible Porte.*

Il serait impossible de peindre l'effroi de Karabet
en entendant ces dernières paroles. Il ne pouvait
douter de la réalité de l'arrêt de mort lancé contre
lui, et d'un autre côté, comme les motifs ne lui en
étaient pas déduits, il ne savait à quoi attribuer
sa terrible disgrace. Dans son trouble, il ne songea
guère aux moyens de mettre en sûreté ses richesses,
s'élevant alors à plusieurs millions de piastres :
d'ailleurs il n'en avait pas le temps ; il ne put que
déloger au plus vite : par bonheur il eut la présence d'esprit de se rendre immédiatement à
l'hôtel de l'ambassadeur de Danemark, qui le reçut
avec sa bonté accoutumée et consentit à le garder
secrètement.

Bientôt le capidgi-badchi arriva, suivi d'une
escorte, à l'hôtel de Karabet, situé dans le
quartier de Galata. Il fit de sa personne la re-
cherche la plus exacte, et chassa de la maison la
femme, les enfans, l'associé et tous les gens du

malheureux condamné. Les registres et papiers furent mis sous le scellé, les magasins fermés et gardés par un poste de janissaires. La confiscation générale de tous les biens de Karabet s'ensuivit, car dans ce pays la confiscation est toujours la conséquence d'une condamnation à mort. De plus, des firmans furent envoyés sur plusieurs points de l'empire, pour faire arrêter Karabet partout où il se présenterait, avec menaces de punition exemplaire pour tous ceux qui aideraient ou faciliteraient sa fuite. Sa femme et ses enfants se retirèrent en Asie, où depuis cette époque ils n'ont cessé de demeurer.

Heureusement que le navire destiné à Tahir-pacha était sorti sans entraves du Bosphore et qu'il arriva à bon port à Odessa avec les marchandises dont il était chargé. Les frères de Karabet s'occupaient de vendre la cargaison lorsque la nouvelle de la condamnation leur parvint. Ils vinrent à plusieurs reprises trouver le caïmacan, en le suppliant de protéger leur aîné, et de tâcher d'obtenir la révocation de la sentence de mort, dès qu'il serait de retour à Constantinople. Ils le prièrent de se charger de la somme de 250,000 piastres provenant de la vente des marchandises pour la remettre à leur frère; (la piastre d'alors valait un franc; aujourd'hui, par suite de l'altération successive des monnaies, elle ne vaut que huit à neuf sous). Tahir-pacha leur promit qu'à son arrivée dans la capitale, Karabet serait délivré, que remise lui serait fidèlement faite des 250,000 piastres, et que tous ses autres biens lui seraient rendus. Le pacha tint parole : il quitta sa retraite, s'embarqua sur le bâtiment aux couleurs danoises et cingla vers Constantinople. Il y fut reçu avec les plus grands honneurs : à son approche, tous les janissaires se mirent sous les armes et le saluèrent comme leur puissant protecteur, comme un envoyé de Mahomet. Son entrée fut donc un véritable triomphe, tandis que deux ans plus tôt il n'aurait subi qu'un arrêt de mort de la sublime Porte, qui alors le confirmait dans sa dignité de caïmacan et lui rendait tous ses priviléges.

Instruit de son arrivée, Karabet lui fit parvenir un arzoual (mémoire), où il lui rendait compte de sa douloureuse position, lui rappelant que tout ce qu'il souffrait, c'était en partie à cause de lui, et le suppliant d'user de son crédit pour faire révoquer la cruelle sentence. Karabet ignorait complètement les bonnes dispositions de Tahir, ses promesses en quittant la Krimée, et s'il était chargé de lui remettre une somme d'argent. Aussi, malgré la justice de ses réclamations, il ne savait comment elles seraient accueillies par le caïmacan. Vers la fin de la journée il vit arriver deux zavouss (gardes d'honneur, ou plutôt d'élite) chargés d'un simple ordre de le conduire à la Porte (1);

______

(1) La porte de la ville était le lieu où se traitaient toutes les affaires dès le temps des patriarches. Chez les Grecs et les Romains,

en apercevant ces zavouss, qui s'étaient introduits
sans hésiter dans l'hôtel de l'ambassadeur, Karabet
fut saisi d'une grande frayeur, il tomba à genoux
et se mit à prier le dieu des chrétiens comme si
sa dernière heure était arrivée. Il ne pouvait savoir s'il allait marcher à la mort ou bien recevoir
sa grace. Après s'être remis un peu, il se revêtit
de son béniche (pelisse d'honneur) et se mit si-
lencieusement en marche pour le palais. Toutes
les personnes attachées à l'hôtel de l'ambassade
prenaient le plus grand intérêt à lui ; voyant
qu'il avait indiqué volontairement la retraite qui
l'avait protégé pendant plusieurs semaines, qu'il
la quittait sans connaître le sort qui lui était réservé, que peut-être il allait être étranglé sous
peu d'instants, elles se mirent à pleurer à chaudes
larmes; ce qui n'ajouta pas peu au trouble qui do-
minait le captif.

Quoi qu'il en soit, il arrive au palais, et, après
quelques moments d'attente, il est introduit dans

---

elles se discutaient dans le marché, appelé Agora et Forum. Chez
les Gaulois, les vassaux de chaque seigneur s'assemblaient dans la
cour de son château ; delà vinrent les cours des princes. En
Orient, comme les souverains et les seigneurs vivent renfermés,
les affaires se font à la porte de leur sérail. Cette coutume de faire
la cour, à la porte du palais, existait dès le temps des anciens rois
de Perse, comme on le voit en plusieurs endroits du livre d'Esther.
Mœurs des Israélites, par l'abbé Fleury, c. 25, p. 115 et 116,
édit. in-12, Paris.

un magnifique salon où il aperçoit et reconnaît le caïmacan. Karabet se prosterne devant lui, pour baiser le bas de sa robe, à la manière orientale. Tahir le relève avec bonté, sans lui laisser le temps d'achever ses révérences en s'écriant : « Eh ! mon ami, « mon ancien ami, je vous apporte d'excellentes « nouvelles de la part de vos frères, ainsi qu'une « bonne somme d'argent. Comment ! au lieu de « venir promptement et de vous-même, il faut que « je vous fasse appeler par deux zavouss? » Karabet tout ému s'incline plus profondément encore, et dit au caïmacan : « Dieu a conservé vos jours pour « ramener l'ordre et la tranquillité dans tout l'em- « pire, et sans doute aussi pour me sauver la vie, « car sans vous je l'aurais infailliblement perdue. « Qui pourrait vous peindre mes longues souf- « frances ! Si les puissants janissaires n'avaient pas « été inspirés par le Péamber (prophète) en vous « rappelant à leur tête et en faisant remettre les « clefs des deux mers en vos mains sacrées, je serais « encore le plus malheureux des hommes ! ô effen- « dim (monseigneur, c'est le titre qu'on donne à « tous les princes de l'Orient), ma vie et mes biens « sont à vous. »

Le caïmacan, touché de ces paroles, se montra encore plus affable envers Karabet; il ordonna qu'on lui apportât la pipe, et qu'on lui servît du café, chose extraordinaire chez un tel personnage; ensuite il lui fit compter, par un secrétaire, les 250,000 piastres envoyées de la Krimée, en lui promettant que tous ses autres biens lui seraient rendus; enfin il l'assura de sa haute protection. Le lendemain, lecture fut donnée au public, à haute voix, de l'itlac (acte de pardon), accordé par le grand-seigneur à Karabet, sur la demande du caïmacan.

Plein de reconnaissance pour des services de cette importance, Karabet, ne cédant qu'à l'élan de son cœur, plaça la valeur de 50,000 piastres en sequins d'or dans une bourse et fut l'offrir à Tahir-pacha, qui la refusa, en manifestant même un assez grand mécontentement. « Vous voudriez « donc, dit-il à Karabet, me traiter comme les « pachas inférieurs qui, pour la plus légère af- « faire, reçoivent de gros présents. Mon devoir « était de protéger et de servir mon ancien ami, « celui qui m'a aidé dans de pénibles circonstances; « en cela je n'ai fait qu'un acte de justice qui porte « avec lui sa récompense. » Karabet, un peu confus, s'excusa de son mieux, et se retira rempli d'admiration et de respect pour les nobles sentiments du caïmacan; mais s'il ne put lui faire accepter son offre, il n'en fut pas moins obligé d'en laisser une partie aux gardes et aux divers employés de la Porte. C'est l'usage, qu'on ne puisse pénétrer dans ce redoutable palais qu'en répandant l'or à pleines mains, et trois à quatre mille piastres sont bientôt épuisées à satisfaire la cupidité des nombreux préposés qui lèvent sans pudeur de gros impôts sur les malheureux solliciteurs.

Karabet, remis en possession de ses biens, reprit la gestion de sa banque. Depuis vingt - huit mois environ, il marchait avec assez de prospérité, lorsqu'en l'année 1811 arriva la chute du sultan Mustapha, et par suite celle de Tahir-pacha. Voici en abrégé le récit de ce double événement. Le pacha de la Romélie, le Bosniaque Mustapha, convoitait, depuis long-temps et avec ardeur, la place de grand visir. Pour y arriver il ne fallait rien moins que renvoyer le gouvernement établi et détrôner le souverain : il se décida à tenter cette révolution, qui devait lui coûter la vie, ou le rendre le second personnage de l'empire. Après avoir rassemblé la meilleure partie de ses troupes, il se dirigea à marches forcées sur Constantinople, certain d'y arriver avant que ses desseins fussent bien connus et que le sultan ait pu réunir des forces suffisantes pour lui résister ouvertement. Il pénètre dans la capitale, arrive au sérail et est admis en présence du sultan, auquel il demande avec assurance son abdication en faveur du sultan Sélim, son oncle, détrôné depuis 1806. Pour toute réponse le sultan Mustapha ordonna qu'on étranglât sur le champ le malheureux Sélim, relégué alors dans le fond d'un palais sur le Bosphore. Cet ordre fut exécuté avec une extrême promptitude, et le corps de Sélim fut apporté palpitant sous les yeux du pacha de Romélie. « Voilà votre Sélim, « lui dit le sultan, êtes-vous satisfait? » Le pacha, transporté de fureur, prit alors son hanger (poi-

gnard) et le lança d'une main sûre dans le cœur
du sultan Mustapha, en prononçant ces mots :
« Reçois le prix de ta cruauté et de tes faiblesses
tout à la fois. » A l'instant le sultan tomba roide
mort à côté du cadavre de son oncle, le sultan
Sélim ; mais Mustapha pacha, sans se troubler,
proclama souverain de l'empire ottoman, le jeune
Mahmoud, qui règne encore aujourd'hui sur Constantinople et qui déploie dans toutes les circonstances le caractère le plus énergique. On pense
bien que le pacha ne s'oublia pas ; il s'adjugea la
dignité de grand visir : alors son pouvoir devint immense. Cette révolution du palais, subite et inat-
tendue, ne suspendit que très-peu le cours des
affaires publiques et privées ; du reste le peuple
l'approuva, en la regardant comme l'œuvre du
grand prophète. Le premier usage que le nouveau
visir fit de sa puissance, fut d'envoyer en exil le
caïmacan Tahir pacha, et de le livrer aux attaques
de ses ennemis. Le ressentiment du vieux Zapan-
Oglou n'était pas éteint, ou plutôt sa rage n'avait
pas été assouvie par la défaite qu'avait essuyée son
adversaire. Il ne craignit pas d'offrir trois millions
et demi de piastres au grand-visir, s'il consentait à
ordonner la mort de Tahir. Cette offre honteuse
fut acceptée, et la tête de l'infortuné caïmacan fi-
gura bientôt au-devant du sérail.

Karabet, en apprenant la mort de son bienfaiteur, ne put contenir sa douleur : d'abondantes
larmes s'échappèrent de ses yeux ; il prévit bien

qu'il allait subir diverses persécutions et s'y pré-
para. En effet, deux zavouss se présentèrent à son
hôtel le lendemain de la mort de Tahir, s'empa-
rèrent de sa personne et le conduisirent chez le
grand-visir. Il comparut devant ce prince, en re-
marquant à ses côtés l'implacable Zapan-Oglou.
Le grand-visir traita Karabet d'abord avec une extrême douceur; il ne négligea rien pour le rassurer
et prenant même un ton caressant, il le pria de
lui faire connaître quelles étaient les richesses du
caïmacan. « Je ne saurais répondre d'une manière
« satisfaisante à vos questions, dit Karabet, j'étais
« le banquier de Tahir et non le dépositaire de ses
« secrets. Vous savez que les grands de l'empire
« sont dans l'usage de demander des avances de
« fonds à leurs banquiers, qu'ainsi, rarement ils
« sont leurs créanciers. Mes livres peuvent vous
« attester que j'ai toujours fait à Tahir-pacha des
« paiements par anticipation sur les remises que
« je devais encaisser pour lui, et que par consé-
« quent il est demeuré mon débiteur. » A ces mots
le visir se fâcha et dit : « Vous allez partager le
« sort du caïmacan, si vous ne révélez à l'instant
« toute sa fortune sans réserve. » Karabet répartit
humblement : « ô ! effendim, vous êtes le juge
« souverain des peuples du puissant empire de
« Mahomet, le bras droit de sa justice et le pro-
« tecteur zélé de l'innocence, vous pouvez tout sur
« moi; mais, je vous l'assure encore, les secrets de
« Tahir n'ont jamais été en mon pouvoir; je ne

« puis que faire placer mes livres sous vos yeux. »
« — Où donc, reprit le grand-visir, le caïmacan a-
« t-il pu sauver ses richesses, si elles ne sont dé-
« posées en vos mains ? — Qui pourrait mieux le dé-
« couvrir, répondit le banquier, que le grand-visir,
« le secrétaire général et absolu de sa hautesse, le
« second prince de ses vastes états. »

Mustapha ne tint pas compte des protestations
de Karabet, non plus que de ses civilités ; il le ren-
voya en lui disant d'un ton menaçant qu'il voulait
absolument le détail exact de la fortune du feu
caïmacan, et de plus le compte des biens propres
de lui Karabet, le tout sous trois jours. Qu'on se
figure, s'il est possible, l'anxiété du malheureux
banquier, tenu d'une part de fournir le bilan de
sa fortune et de l'autre de donner ce qui n'était
pas en sa puissance, c'est-à-dire l'état des biens
du caïmacan, qui loin d'être son créancier était
véritablement son débiteur. Dans cette pénible
conjoncture il ne dissimulait pas qu'il était près
de perdre la vie et ses biens, lorsque le ciel lui
inspira une utile démarche vers deux de ses amis,
qu'il savait avoir du crédit auprès du sadirazam,
(le grand-visir). Ces amis, qui étaient aussi banquiers, se rendirent près de Mustapha pour exciter
sa bienveillance en faveur de Karabet, dont ils cer-
tifièrent la droiture et la sincérité. Le visir, feignant
d'être touché de leurs prières déclara qu'en ver-
sant au trésor public une somme de deux millions
et demi de piastres, Karabet n'aurait rien à craindre

pour sa vie, et que même il acquerrait sa haute protection. Quoique le banquier fût très-riche alors, il était néanmoins dans l'impuissance de réaliser une aussi grosse somme, ce qu'il eut une peine infinie à persuader au visir; mais après plusieurs négociations on obtint de ce satrape qu'il se contenterait de trois cent cinquante mille piastres, en échange desquelles il voulut bien donner un *quitus* signé de sa main et frappé du grand sceau sultanisque. Par cette quittance il promit que ni lui ni ses successeurs ne pourraient exiger aucune contribution de Karabet, ni l'inquiéter à raison de ce qu'il avait été le banquier de Tahir-pacha.

Ces promesses, sur lesquelles Karabet n'osait trop compter, furent cependant observées; mais le visir Mustapha ne jouit pas long-temps du fruit de ses violences. Il perdit bientôt le pouvoir qu'il avait usurpé, et la vie en même temps. Ayant eu l'imprudence de renvoyer en Romélie les soldats qu'il en avait amenés, les janissaires, furieux de la mort de leur ancien chef Tahir, ne tardèrent pas à se révolter, et, suivant l'usage, ils incendièrent les alentours du palais de celui qui était l'objet de leur haine. Le visir, croyant échapper à leur rage, se glissa dans l'un des fossés d'enceinte; mais il y fut presque consumé par les flammes, et son corps défiguré ne fut retrouvé qu'après la fin de l'incendie.

Zapan-Oglou ne fut pas plus heureux : il reçut

aussi le châtiment mérité par sa haine féroce contre Tahir-pacha. Arrêté dans la capitale même à la suite du mouvement insurrectionnel des janissaires, sa tête fut exposée devant le sérail, et la plus grande partie de sa famille partagea son sort. Il est certain que cette exécution fut horrible; mais les ressentiments soulevés contre les persécuteurs de Tahir étaient si prononcés, que le peuple parut prendre plaisir en voyant une fin si tragique. Au milieu des actes de violence et de cruauté reprochés à Zapan-Oglou, nous ne pouvons nous empêcher de citer le suivant.

Quoique la famille de ce puissant pacha fût nombreuse, il n'avait cependant aucuns descendants mâles; le seul héritier de sa principauté de Josgat, près Tokat, dans l'Anatolie, était un neveu en bas âge. Zapan-Oglou aimait cet unique neveu par-dessus toutes choses : la vue seule de cet enfant paraissait faire distraction aux idées sombres qui le dominaient sans cesse. Aussi tous les genres de divertissements étaient rassemblés pour récréer le jeune prince et les curiosités les plus rares étaient mises à sa disposition. Deux lionceaux avaient été dressés avec le plus grand soin, pour partager ses jeux. L'enfant était alors âgé de dix à douze ans. Un jour qu'il s'amusait avec ces petits lions et quelques esclaves préposés à leur garde, le bruit qu'ils faisaient devint tel, qu'il fut entendu de l'appartement où se trouvait Zapan-Oglou. Le pacha fit dire à son neveu de cesser ses amusements, parce que le bruit l'incommodait; mais le jeune prince fit peu de cas de l'ordre de son oncle, et fut même jusqu'à maltraiter le hasnadar (trésorier) envoyé près de lui. Ce hasnadar rentra dans l'appartement de Zapan-Oglou, sans oser proférer une parole, redoutant la colère de celui-ci, et craignant d'un autre côté le ressentiment du jeune prince. L'enfant continuant toujours à faire du tapage, le pacha se fâcha et dit à son silichtar-aga : « Je « vous ordonne de précipiter par la fenêtre mon « impertinent neveu, sinon je vous fais trancher « la tête. » A ces mots, le silichtar sort, tout effrayé, ne sachant quel parti prendre et surtout comment exécuter un pareil ordre. Plusieurs fois il mesura de l'œil la hauteur considérable du palais, et reconnut qu'en tombant sur le pavé, le corps du malheureux enfant serait infailliblement broyé. Dans un si cruel embarras, une inspiration soudaine lui survient à l'aide de laquelle il va concilier la volonté du pacha, avec ce que réclame l'humanité. Il fait suspendre un grand tapis audessous de la fenêtre de la pièce où se trouvait le jeune prince; il y fait ensuite jeter l'enfant, qui tombe ainsi sans se faire aucun mal. On l'emporte et on le cache soigneusement dans un hameau éloigné. Le silichtar, ayant accompli l'ordre de son maître, rentre et lui dit : « bassin saolsoun effen- « dim, que votre tête soit conservée, » ce qui est le compliment funèbre des Turcs, et veut dire aussi : votre volonté a été faite.

Le barbare Zapan-Oglou montra la plus grande indifférence et ne répondit que par ce mot : pékéyi (très-bien) en continuant de fumer sa pipe. Pendant plusieurs jours il affecta le plus grand calme, ne manifestant aucun regret de la perte de son neveu et paraissant même l'avoir oublié entièrement; mais peu à peu la nature fit sentir son empire, et reprenant enfin ses droits, le vieux tyran ne put dissimuler la vive douleur qu'il éprouvait de la privation de son neveu. Seul, il versait d'abondantes larmes; en compagnie, il laissait échapper de gros soupirs, et partout on voyait par sa contenance qu'il était accablé de la plus noire mélancolie. Tous ses commandements étaient autant de traits de barbarie et de férocité. Il était devenu inabordable; tout tremblait autour du despote asiatique; bon nombre de personnes perdirent la vie, pour n'avoir eu d'autre tort que d'être aperçues par lui et de lui avoir déplu seulement par leur extérieur. Un jour Zapan-Oglou, ne pouvant plus supporter la peine que lui causait l'absence de son neveu bien-aimé, qu'il croyait mort, fit appeler son silichtar et lui dit en pleurant: où avez-vous fait placer le corps de mon neveu? — Dans un hameau à quelque distance de votre séjour. — Comment avez-vous eu la cruauté de lui donner la mort? — Je l'ai fait jeter par la fenêtre. —Donc il est mort?—J'ai fait ce que vous avez ordonné.—Mais vous ne deviez pas être aussi prompt à lui donner la mort que moi à la prononcer.

—Effendim, j'ai dû agir comme je l'ai fait en pensant que plusieurs de vos serviteurs avaient perdu la vie pour n'avoir pas exécuté sur le champ vos ordres sacrés. — Vous deviez considérer qu'il était mon unique et très-aimé neveu. — Vos ordres suprêmes sont au-dessus de toute considération : mais rassurez-vous, la place du jeune prince est toujours marquée parmi les fils de notre Péamber. — Eh bien! nous irons demain au village où reposent ses restes pour lui faire élever un magnifique mausolée. — Votre parole est comme un firman, tout va être préparé selon vos désirs; votre neveu se réjouira lorsqu'il sera en votre présence. Le pacha était tellement absorbé dans sa douleur et baigné par ses larmes, qu'il ne comprit pas le sens des réponses du silichtar, se confirmant au contraire dans la pensée que son neveu était mort. Il fit appeler sa troupe de musiciens et leur ordonna de chanter l'air accoutumé dans les cérémonies funèbres. (Tous les princes de l'Orient ont un chant funèbre, un chant de gloire, un chant national, etc.) Le lendemain il se rendit avec sa suite au village indiqué par le silichtar. Avant de marcher à l'endroit où il supposait que le corps de son neveu avait été inhumé, il voulut faire la revue des différents fonctionnaires qui avaient été mandés pour cette solennité, en annonçant que si quelqu'un d'entre eux avait osé manquer à son devoir, sa tête répondrait de sa désobéissance. Le silichtar lui assura que tous les

dignitaires et officiers s'étaient empressés de se
rendre au désir de leur maître, et qu'ils parta-
geaient trop sa profonde douleur pour ne pas faire
preuve d'un zèle religieux dans une si triste circonstance, qu'enfin leur désespoir était égal au
sien.

A ces mots, Zapan-Oglou ne put retenir ses
sanglots, et il dit à son silichtar : Si vous n'eussiez
pas donné la mort à mon neveu, je vous aurais
fait nommer pacha à trois queues, et peut-être
grand-visir.—Effendim, cessez vos pleurs, j'ai su
exécuter vos ordres sans faire perdre la vie au
jeune prince héritier de vos biens; à l'instant il va
paraître, se jeter à vos pieds, et baiser la trace de
vos pas.—Tanghirim Sukurlerolsun, ô mon Dieu!
je vous rends mille grâces, s'écria Zapan-Oglou :
serait-il possible? mon cher enfant vit encore! s'il
m'est rendu, je vis et je vis heureux; mais sans
lui je ne pouvais plus vivre. Bientôt le jeune
prince entra, accompagné du prudent silichtar;
il se prosterna devant son oncle, qui lui présenta
sa main à baiser. A son tour, Zapan-Oglou l'em-
brassa tendrement sur le front. Toute l'assemblée
se mit en prière, et la joie succédant à un deuil
profond, des réjouissances nombreuses furent
ordonnées; le pacha se montra d'une générosité
sans égale : des graces, des faveurs, de l'argent, etc.,
furent répandus par lui avec une sorte de profusion; il envoya un message à Constantinople, et
obtint pour son silichtar le titre de pacha à trois

queues, en sorte que ce dernier devint tout à coup
l'égal de Zapan-Oglou, du moins sous le rapport
du rang et de la qualité.

On entendit plusieurs fois le vieillard dire à son
neveu : « Mon cher fils, avant de prononcer un
« ordre, un simple commandement, un seul mot,
« pensez-y quarante-huit fois, sinon craignez le
« repentir. » Le neveu promit tout ce que son
oncle exigea de lui ; mais le vieux despote, malgré
la rude épreuve qu'il venait de subir, ne fut point
corrigé de ses violences, et ne faisant pour lui-
même aucun cas de sa recommandation, il reprit
bientôt le cours accoutumé de ses extravagances et
de sa cruauté, jusqu'à ce qu'enfin la mort vint satisfaire la juste haine qu'il avait généralement inspirée.

Après la double catastrophe du visir Mustapha
et de Zapan-Oglou, les janissaires demeurèrent
maîtres du pouvoir. Ils rappelèrent au visiriat
Ibraïl Nazili, et remplacèrent le capitan-pacha
Hassein par Hafis Ali, intime ami de Karabet.
Comme, à cette époque, la guerre existait encore
entre la Russie et la Porte, toutes relations de
commerce étaient rompues entre les deux puissances, ce qui n'empêchait pas Karabet de vouloir
faire une expédition commerciale pour la Krimée,
et de souhaiter vivement d'y revoir ses frères. Il
profita de l'amitié de Hafis-Ali, par qui il obtint
un firman pour sortir des Dardanelles, à la condi-
tion que le bâtiment chargé de marchandises se di-
rigerait, du moins en apparence, vers l'Anatolie, ou

toute autre province de l'Asie mineure. Après les
déclarations d'usage, et sur l'intervention de l'ambassadeur de Danemarck, protégeant toujours
Karabet, le navire fut chargé, équipé et mis à la
voile. Le capitan-pacha savait bien sa véritable destination; mais il pensait, ainsi que Karabet, qu'elle
serait ignorée à Constantinople. Point du tout, les
principaux négociants de la ville furent bientôt aver-
tis de la route que prenait le navire, et, cette fois,
ils portèrent leurs plaintes directement au Grand-
Seigneur. En Turquie, les pétitions sont répon-
dues presque toujours sur-le-champ, et c'est une
justice à rendre au gouvernement, qu'il abrège
toutes les formalités pour faire promptement connaître à chaque solliciteur le sort de sa demande.
Sa Hautesse manda le grand-visir (le sadirazam) et
le capitan-pacha, leur reprocha avec amertume
leur négligence, renouvelant la défense formelle
d'aucune expédition pour la Russie, et donnant
ordre de mettre à mort les capitaines seulement
soupçonnés de contrevenir à ses ordres suprèmes.

Le capitan-pacha, pour cacher sa faute et mettre
à couvert sa responsabilité, se rendit au port,
suivi d'une escorte, afin d'y faire une inspection
générale. « Ayant *cru remarquer*, dit-il, que cinq
bâtiments se disposaient à imiter l'exemple de
Karabet, il fit pendre aux vergues les capitaines
de ces navires, dont deux turcs et trois grecs,
tous les cinq pères de famille, et, par cet acte de
barbarie, il réussit à faire croire au grand-seigneur

qu'il ignorait le but de l'expédition de Karabet.
Sans qu'il s'y opposât, comme on s'en doute bien,
des firmans furent lancés contre le banquier, et
expédiés dans tous les ports de la mer Noire,
avec ordre d'apporter sa tête, dans le cas où il y
aborderait; mais heureusement Karabet et son
navire arrivèrent sains et saufs à leur destination,
malgré plusieurs tempêtes, dont une les retint dans
le port de Relphe pendant une nuit, où elle fit
périr neuf bâtiments sur onze, quoique tous fussent mis à l'ancre.

Ignorant l'arrêt qui pesait sur lui, les dangers
auxquels il avait échappé, le malencontreux ar-
mateur se livra à la joie qu'il éprouvait d'être
avec ses frères, et, de concert avec eux, il tira un
très-grand parti de la cargaison qu'il avait débar-
quée. Satisfait de son entreprise, heureux d'avoir
passé quelques semaines au milieu d'une partie
de sa famille, il commença à éprouver plus vivement que jamais un besoin, depuis long-temps
cher à son cœur, celui de revoir et de presser
sur son sein sa femme et ses enfants, qui, depuis
plusieurs années, vivaient à Amasie, dans l'Anatolie, ainsi qu'on l'a rapporté plus haut. Il s'embarqua donc pour l'Asie mineure, rempli des plus
douces pensées et de l'espoir le plus riant; mais,
arrivé à Sinab, sur le bruit de son nom, il fut
arrêté et conduit devant le gouverneur, qui lui
annonça l'ordre terrible de Sa Hautesse, en
lui disant que, conformément à ses instructions,

il allait le faire lier et l'expédier pour Constantinople, et que même, s'il faisait son devoir avec
rigueur, il devrait lui faire trancher la tête, pour
l'envoyer seule dans la capitale. Frappé comme
d'un coup de tonnerre, Karabet pour cette fois
se crut tout-à-fait perdu. Cependant, ayant ré-
fléchi qu'il avait en portefeuille des valeurs importantes, qu'à l'aide de bons billets et de l'or on se
tire souvent d'affaire avec les pachas des provinces
turques, il demanda avec instance à parler au
drogman du consulat de France, ce qu'il obtint
après beaucoup de difficultés. Le drogman fut
chargé d'offrir cent mille piastres au gouverneur,
s'il consentait à faire évader le condamné, et à
lui laisser les moyens de se rembarquer pour la
Krimée. Le gouverneur ne se fit pas long-temps
prier pour accepter une aussi belle rançon : adroi-
tement il fit répandre le bruit que Karabet avait
trompé la vigilance de ses gardiens; qu'il s'était
sauvé la nuit, se dirigeant sur Amasie, tandis qu'au
contraire, et suivant la convention secrète, le fugitif, accompagné seulement de deux domestiques,
regagnait la Krimée, sur une barque qu'on avait
préparée pour lui au rivage de la mer.

Si, Karabet, au prix d'une partie de sa fortune,
avait réussi à sauver sa vie, sa présence momen-
tanée en Asie préparait une horrible persécution
à sa famille; comme s'il était dans sa destinée,
non-seulement d'être perpétuellement malheureux, mais encore de faire partager son infortune

à ses parents, quoique vivant loin de lui. Le gouverneur d'Amasie, trompé par les bruits répandus à dessein par celui de Sinab, s'imagina que le vieillard Karabet Manouc-Oglou, père du fugitif, le cachait dans sa demeure : en conséquence, le vieillard fut arrêté et mis en prison; ensuite le firman qui demandait la tête de Karabet fut publié dans la ville, et les perquisitions les plus exactes furent faites dans plusieurs maisons. A diverses reprises, le malheureux père fut interrogé, et sommé de déclarer le lieu de la retraite de son fils. « Messieurs, répondait-il aux commis-« saires qui l'interrogeaient, je ne me croirais pas « coupable, quand même je cacherais mon fils « condamné à mort; mais je consens à perdre la « vie avec lui si vous découvrez que j'aie jamais « connu l'endroit où il s'est retiré. Par une lettre, « il m'annonçait son prochain retour dans le sein « paternel : hélas! il n'a pu y parvenir, et je vois « bien que je mourrai sans le presser sur mon « cœur. »

La prédiction du malheureux père n'était que trop certaine. Enfin, au bout de huit jours de détention et de tortures, le vieillard fut mis en liberté, mais moyennant trente mille piastres qu'il fut contraint de payer comptant. Six jours après sa sortie de prison il mourut des suites des mauvais traitements et des outrages dont il avait été si indignement abreuvé.

Karabet, dépouillé à Sinab d'une partie de sa

fortune, devait l'être de la totalité avant de gagner la Krimée. Le maître du bateau qui le conduisait n'eut pas de peine à deviner qu'il avait à son bord un homme dont la tête était menacée. Le mystère de l'embarquement et d'autres circonstances lui révélèrent un proscrit. Le forban, car il n'était digne que de ce nom, songea aussitôt à mettre l'infortuné voyageur à contribution, ou plutôt à lui ravir tout ce qu'il possédait. Il met les voiles en panne, arrête le bateau, et demande à Karabet le prix de son passage. « Je vous payerai généreusement à votre arrivée, répond celui-ci : mais que veut dire la manœuvre que vous venez de faire? — J'ai mes raisons pour agir de la sorte, reprend le forban, et puisque je vous sauve la vie, j'entends que vous me remettiez tout ce que vous possédez. » Karabet manifeste tout son étonnement d'un pareil langage. Inutiles représentations, il faut vider sa bourse tout entière, sinon le pirate va retourner au point du départ. Karabet essaie de soutenir qu'il n'a pris avec lui que 3,ooo piastres, et les offre; mais on les refuse avec menace de le fouiller, et d'user de violence s'il n'ouvre ses caisses au plus tôt. Placé ainsi entre la crainte de perdre la vie et la menace d'être entièrement dépouillé, Karabet fut bien forcé d'abandonner son trésor et, qui pis était, de garder certaines mesures avec le scélérat qui le volait impunément; car le malheureux proscrit aurait pu être jeté à la mer sans pouvoir résister, et même sans espérance

que sa mort serait jamais vengée. La capture était
bonne : 340,000 piastres lui furent enlevées, tant
en argent qu'en valeurs de banque.

Le bateau reprit sa route et arriva promptement au lazaret d'Odessa, où l'Anatolite fut dé-
posé. Karabet rentrait dans cette ville dans une
situation d'esprit et de fortune bien différente de
celle où il était en la quittant, un mois auparavant. En deux rencontres, il avait perdu le fruit
de longs et pénibles travaux; pour surcroît de
misère, il ne pouvait plus revenir à Constantinople; aussi sa philosophie et son courage semblè-
rent l'abandonner pour la première fois : une mélancolie profonde s'empara de lui, et une maladie
de six mois fut la suite des épreuves cruelles
auxquelles l'adversité venait de le soumettre. Sa
convalescence durait encore et ses chagrins ne
diminuaient pas, lorsqu'il entreprit de se rendre
par terre en Albanie, auprès du célèbre Ali, pacha
de Janina, dont il était depuis long-temps le banquier à Constantinople, conjointement avec Gaspard Thérésias. En plusieurs occasions, il avait eu
à se féliciter de la haute protection du pacha, et
généralement de tous ses rapports avec lui, quoique le satrape fût dès-lors connu pour sa perfidie
et sa cruauté. C'était avec raison, comme on le
verra par la suite, qu'il pensa qu'à l'aide de la
recommandation d'Ali il pourrait obtenir l'itlac
nécessaire (le pardon) pour rejoindre ensuite la
capitale où sa maison de commerce existait tou-

jours, mais dont il n'avait aucune nouvelle à
cause de la guerre. Avant de parler de la récep-
tion qui lui fut faite par le puissant Ali, nous don-
nerons une notice sur les principales circonstances
de la vie de ce redoutable pacha, qui devint un
moment presque aussi puissant dans la Turquie
d'Europe que le Grand-Seigneur lui-même, et
qui, dans la longue lutte qu'il soutint contre son
souverain, montra une persévérance et une audace si extraordinaires, qu'il fixa les regards,
comme il excita l'étonnement du monde entier.

NOTICE

SUR ALI, PACHA DE JANINA.

ALI-TÉBÉLEN, né en 1744, en Épire, à Tébélen,
se prétendait sorti d'une famille ancienne de
l'Asie mineure, dont le chef, appelé Issa, ou Jésus,
passa en Épire avec les hordes de Bajazet-Ildérim.
Mouctar, grand-père d'Ali, périt dans l'expédition
des Turcs contre Corfou, que la valeur du maré-
chal de Schullembourg sauva de la fureur des Mu-
sulmans; Mouctar laissa trois fils, dont le plus
jeune fut Véli, père du satrape de Janina. Véli fit
périr ses deux frères au milieu des flammes, en met-
tant le feu à un pavillon où ils s'étaient barricadés
pour échapper à ses violences; il mourut par suite
d'excès bachiques, à l'âge de quarante-cinq ans,
laissant cinq enfants, au nombre desquels se trouvait Ali, dont il s'agit ici, et sa sœur Chaïnitza,
qui seuls ont marqué dans l'histoire.

Khamco, mère d'Ali, s'immisça durant son veuvage, dans plusieurs guerres civiles de l'Épire, où
sa fortune éprouva de nombreux échecs; elle éleva
le jeune Ali comme devant être son vengeur, et
elle l'entretenait de ces maximes funestes, qui ont
fait le destin de sa vie : « *Mon fils*, lui disait-elle

« sans cesse, *celui qui ne défend pas son patri-*
« *moine mérite qu'on le lui ravisse.* Souvenez-vous
« que le bien des autres n'est à eux que parce
« qu'ils sont forts, et si vous l'emportez sur eux,
« il vous *appartiendra.* » Par ces conseils perni-
cieux, elle formait son fils au brigandage, en lui
répétant que *le succès légitime tout*, et elle insis-
tait sur cet adage de l'incestueuse Julie : *cuncta
licet principi.*

Ali, qui aimait à raconter les particularités de
sa vie, s'animait en parlant de cette sorte d'éducation première. M. de Pouqueville, ancien consul-
général de France auprès d'Ali, et qui a écrit d'une
manière si remarquable l'ouvrage intitulé : *Histoire
de la régénération de la Grèce*, imprimé en 1824,
par Firmin Didot, rapporte dans son premier volume qu'un jour Ali lui disait à Janina : « Je dois
« tout à ma mère ; car mon père ne m'avait laissé
« en mourant qu'une tanière et quelques champs.
« Mon imagination, enflammée par les conseils de
« celle qui m'a donné deux fois la vie, puisqu'elle
« m'a fait *homme* et *visir*, me révéla le secret de
« ma destinée ; dès-lors je ne vis plus dans Tébélen
« que l'aire natale de laquelle je devais m'élancer
« pour fondre sur la proie que je dévorais en idée.
« Je ne rêvais que puissance, trésors, palais, enfin
« ce que le temps a réalisé et me promet ; car le
« point où je suis arrivé n'est pas le terme de mes
« espérances....... »

On voit, par cette citation, que l'ambition n'a-

vait pas cessé d'agiter le cœur du pacha de Janina,
qu'elle était sa passion dominante, et, qu'âgé
alors de plus de 70 ans, il formait encore de
nouveaux projets d'agrandissement, sans se rappeler, comme font presque tous les élus de la fortune, combien avait été bas son point de départ.
En effet, aidé de quelques vagabonds, Ali avait
débuté à la manière des anciens héros de la
Grèce, en volant des chèvres et des moutons. Dès
l'âge de 14 ans il avait acquis, dans ce genre d'ex-
ploits, presque autant de célébrité que Mercure
lui-même. Il pillait ses voisins, et il se trouva, au
moyen de ses rapines, jointes aux économies de
sa mère, dans le cas de solder un parti assez considérable pour former une entreprise contre une
bourgade appelée Cormovo. Mais cette première
campagne ne donna pas une idée avantageuse du
courage d'Ali, qui, ayant trouvé de la résistance,
lâcha pied et se sauva à toutes jambes à Tébélen.
Khamco, trompée dans ses espérances, éclata en
injures en revoyant son fils, et lui présentant sa
quenouille, qu'elle avait reprise depuis quelques
années : « Va, lui dit-elle, lâche, va filer avec
« les femmes du harem; ce métier te convient
« mieux que celui des armes. »
Voulant se dérober aux reproches de sa mère, il
passa à Négrepont avec trente palicares ou braves
d'élite, en qualité de leur boulouk-bachi (chef de
peloton), et entra au service du visir de cette île;
mais, ennuyé de la vie qu'il y menait, il rentra dans

la Thessalie, où il se mit, comme l'avait fait Véli, son père, à guerroyer sur les grands chemins. Bientôt il revint à Tébélen, plus riche, et par conséquent plus considéré que lorsqu'il en était parti.

Avec de nouveaux moyens il recommença ses excursions, qu'il poussa à un tel excès que Courd-pacha, gouverneur de la basse et de la moyenne Albanie, se vit dans la nécessité d'y mettre un terme. Des troupes que ce satrape mit aux trousses du héros naissant le firent prisonnier. Ali s'attendait à être pendu; mais quand Courd-pacha vit à ses pieds un jeune homme avec lequel il avait des liens de parenté, il eut pitié de ses égarements et retint sa colère. Ali était dans cet âge où l'homme intéresse. Une longue chevelure blonde, des yeux bleus remplis de feu et brillants d'esprit, une éloquence naturelle achevèrent de gagner le cœur du vieux visir, qui le garda plusieurs années dans son palais et finit par le rendre aux prières de Khamco, redemandant sans cesse son cher fils.

Ali sembla rentrer en lui-même; il parvint à se faire des amis et prit un rang distingué entre les beys du pays. A l'âge de 24 ans il obtint la fille de Capelan, pacha de Delvino, qui résidait à Argyro-Castron. En épousant une femme vertueuse, Ali aurait pu être ramené à des idées qui calment ordinairement l'effervescence de la jeunesse; mais il s'associa à un beau-père connu par sa férocité et sa turbulence. Capelan-pacha mit son gendre dans sa confidence intime et dans ses intérêts ; il se flattait d'entraîner avec lui plusieurs chefs dans son parti et de parvenir à l'indépendance, qui est la chimère de presque tous les pachas. Ali Tébélen feignit d'entrer dans ses vues, mais pour mieux le trahir, amener sa perte, s'emparer de sa place et de ses trésors. Secrètement, il dénonçait à la Porte les plans et les intrigues de son beau-père, tout en gardant les apparences d'un dévouement sans bornes pour lui. Capelan-pacha fut cité juridiquement devant le romili-Valicy, pour rendre compte de sa conduite. Ali employa son crédit et les larmes d'Éminé, sa femme, pour le déterminer à obéir à la citation, c'est-à-dire à faire une démarche qui le conduisait à l'échafaud, où Ali désirait le voir monter. Capelan, que son innocente fille sacrifiait, parce qu'elle ignorait la perfidie de son époux, était condamné *in petto*, et fut décapité à son arrivée à Monastir. Mais, au lieu de récompenser son délateur, on donna pour successeur à Capelan-pacha, Ali, bey d'Argyro-Castron, homme dévoué au sultan, qui ne permit pas à Ali Tébélen de toucher à la succession de son beau-père, dont les biens étaient acquis à la couronne.

Trompé dans son attente, Ali tourna ses vues vers la ville de Tébélen, dont il se rendit maître après avoir fait tomber ses ennemis dans un piége qu'il leur tendit. Il voulait s'établir solidement dans le lieu de sa naissance ; ce à quoi il réussit, et ce fut son premier pas vers la fortune. Son affabilité, sa patience à écouter les réclamations de ses soldats lui gagnèrent beaucoup de partisans et consolidèrent son pouvoir. Toujours ambitieux d'un pachalik, il ne tarda pas à comploter la mort d'Ali, pacha d'Argyro-Castron, son beau-frère, époux de Chaïnitza, dans l'espoir de lui succéder. Il trouva un complice de ses desseins dans la personne d'un certain Soliman, frère du pacha, auquel il promit, s'il voulait commettre le fratricide, objet de ses désirs, de lui donner de suite en mariage Chaïnitza sa sœur. La proposition ayant été acceptée, on s'en garantit le secret par d'horribles serments, et on avisa au moyen d'exécuter un attentat digne de la coupable famille des Atrides. Le moment favorable étant venu, Soliman tua son frère d'un coup de pistolet, en présence d'Ali Tébélen, et Chaïnitza étant survenue au bruit, l'assassin la couvrit de sa pelisse (1) en la déclarant son épouse.

Ainsi cet hymen épouvantable fut conclu et consommé dans le sein du crime, à côté du cadavre encore palpitant du pacha d'Argyro-Castron, dont on publia la mort comme étant la suite d'une apoplexie foudroyante.

---

(1) La pelisse donnée par un turc à une femme non mariée, ou veuve, est le gage de son hymen, et le signe qu'il la prend pour son épouse.

Ali, débarrassé de son beau-frère, comptait lui succéder; mais il fut encore trompé dans son criminel espoir. Sélim-Bey, issu d'une des premières familles de la Iapourie, reçut de la sublime Porte l'investiture du sangiac à deux queues, dont le siége fut rétabli à Delvino, chef-lieu légal de l'antique Chaonie; malgré ce mécompte, le nom d'Ali-Bey-Tébélen devint de plus en plus fameux. L'attentat qu'il venait de commettre, loin de le couvrir d'opprobre, lui acquit une sorte de popularité dans un pays où l'on regarde les crimes éclatants comme des preuves de talent. Sélim eut le malheur de l'admettre dans son intimité, sans s'apercevoir, sans doute, que dans la personne d'Ali Tébélen il ne pouvait trouver qu'un traître qui chercherait à le perdre. En effet, l'occasion de faire une dénonciation calomnieuse se présenta bientôt. Sélim-pacha venait de vendre aux Vénitiens une forêt, située près du lac Pélode, avoisinant les possessions de Venise, lorsque le délateur Ali profita de cette circonstance pour le dénoncer au divan, comme coupable d'avoir aliéné une portion du territoire de Sa Hautesse (quoiqu'il ne fût question que de la coupe des bois), ajoutant que si on n'y prenait garde, il livrerait bientôt la province entière de Delvino aux infidèles. Il terminait ce rapport, chargé de faits controuvés, en disant qu'il lui en coûtait beaucoup de faire connaître les trames de Sélim-pacha, son bienfaiteur, et en faisant beaucoup d'autres protestations hypocrites.

Comme, en Turquie, un homme accusé de connivence avec les infidèles est suspect et frappé d'anathême, que la dénonciation suffit pour le perdre quand il n'est pas assez puissant pour se faire craindre, sans former d'enquête juridique, on adressa secrètement de Constantinople un firman de mort pour se défaire de Sélim-pacha, en chargeant Ali Tébélen, son délateur, de le rendre exécutoire, chose qui n'arrive que sous un gouvernement comme celui de Turquie, où le même homme devient souvent accusateur et bourreau.

On était alors en été, et Ali Tébélen, qui se rendait tous les matins auprès du pacha pour lui faire sa cour, prétextant une indisposition, le fit supplier de passer dans son appartement. Cette invitation ayant été acceptée, Ali cacha des assassins dans une armoire sans rayons, après les avoir prévenus qu'au signal, qui était de laisser tomber sa tasse à café sur le parquet, ils sortiraient de leur réduit et poignarderaient Sélim. Le vieillard ayant paru, comme il l'avait promis, fut assassiné, et tomba en prononçant ces paroles mémorables : *Et c'est toi, mon fils, qui m'arraches la vie? Seigneur, ne me confonds pas avec les pervers!*

Les gardes de Sélim étant accourus, trouvèrent Ali debout, entouré des assassins, tenant à la main un firman déployé, et criant d'une voix menaçante : *J'ai tué le traître Sélim par ordre de notre glorieux sultan; voici son commandement impérial.* A ces mots, et à la vue du diplôme fatal, on s'incline, et chacun reste glacé d'effroi en voyant trancher la tête de Sélim, baigné dans son sang, tête dont Ali se saisit comme d'un trophée de plus. Le meurtrier ne quitta le sérail qu'en emmenant avec lui, comme ôtage, Moustapha, fils de Sélim, qui, plus tard, périt de la main qui égorgea son père.

La Porte, afin de récompenser le zèle d'Ali Tébélen, lui décerna le sangiac de la Thessalie, avec le titre de *dervendgi-pacha*, ou grand-prévôt des routes. Ces pouvoirs réunis dans une seule main mirent Ali, revêtu de la dignité de pacha, tant désirée par lui, à portée de soudoyer un corps de quatre mille Albanais déterminés, qu'il employa à nettoyer la vallée du Pénée d'une multitude de chefs chrétiens qui y commandaient avec autorité.

Khamco, atteinte d'un cancer utérin, rendit le dernier soupir sans revoir son fils, quoiqu'elle l'eût demandé à son heure suprême; elle expira en vomissant d'horribles imprécations contre la providence éternelle.

Dicens in superos aspera verba Deos.

Son testament renfermait les dispositions les plus atroces : elle commandait des assassinats particuliers, et elle désignait les villages qu'on devait brûler un jour. Enfin elle terminait par un conseil semblable à celui que Sévère mourant donnait à ses enfants : *Soyez unis, enrichissez vos soldats, et comptez le peuple pour rien.*

Ses conseils ne furent que trop bien suivis par
Ali-pacha, qui jura d'accomplir ses dernières volontés, de poursuivre et d'anéantir jusqu'au dernier de leurs communs ennemis. En 1788, il fut
nommé au sangiac de Janina, que la Porte lui
accorda au titre onéreux d'arpalik, ou conquête,
attendu que ce sangiac était considéré plutôt
comme une arène de séditieux, que comme une
place soumise au Grand-Seigneur. Ali éprouva de
nombreuses difficultés pour en prendre possession,
et même il fut obligé de guerroyer contre la population; cependant il parvint à faire son entrée
de nuit dans cette ville, où quelques hommes dé-
voués le conduisirent au tribunal du cadi, duquel
il requit la publication et l'enregistrement de ses
firmans d'investiture. Cet acte légal étant rempli,
Ali fut proclamé solennellement en sa qualité de
pacha à deux queues de Janina, dont il cumula
les fonctions avec celles de toparque de Thessalie
et de grand-prévôt des défilés, titres qu'il possédait déja.

Ali, consolidé par cette investiture au poste
qu'il convoitait depuis long-temps, s'occupa d'a-
bord à réduire les beys de Janina en les dépouil-
lant de leurs biens, convaincu qu'en cessant d'être
riches, ils ne pourraient plus former de brigues
contre lui dans le divan. Il eut le bon esprit d'admettre dans son conseil des Grecs dont les talents
lui furent de la plus grande utilité. Musulman
avec les Turcs, il caressait les plus fanatiques

d'entre eux, mais à l'occasion il ne craignait pas de leur faire donner la bastonnade; matérialiste au besoin, quand il était dans la compagnie des panthéistes, il se disait chrétien lorsqu'il s'enivrait avec les Grecs, et *buvait à la santé de la bonne Vierge;* enfin il jouait tous les rôles auxquels un homme sans conscience peut se prêter. Toutefois, s'il prenait tous les masques pour décevoir ceux qu'il voulait abuser, il adopta, au contraire, une marche fixe et régulière en matière d'administration; et c'est une justice à lui rendre que ses finances furent toujours dans l'état le plus prospère, de même que ses diverses comptabilités furent toujours tenues avec un ordre parfait. Obséquieux envers la Porte Ottomane, plein d'exactitude envers elle toutes les fois qu'elle n'attaquait pas son autorité particulière, sa règle fut, non-seulement de payer fidèlement ses redevances au sultan, mais encore de lui faire au besoin des avances de fonds. Secrètement, il faisait des pensions aux membres les plus influens du ministère, et jamais il n'a dévié de ce système, sachant par instinct que dans les gouvernements absolus l'or exerce la suprême puissance, et qu'encore bien que le despote se dise l'état et la loi, il est toujours soumis au pouvoir plus puissant du dieu Plutus.

Ce sont ces envois de fonds qu'Ali-Pacha faisait à Constantinople, les remises secrètes qu'il en faisait opérer, et les négociations y relatives qui expliquent pourquoi il entretenait habituellement dans la capitale des rapports très-importants avec un banquier; pendant longues années, ce banquier fut Karabet Manouc-Oglou, qui avait pour associé Jacob Thérésias. Ali, si absolu dans ses volontés, si cruel à l'égard de ses rivaux ou de ses inférieurs en Épire, fut toujours plein d'empressement et d'obligeance pour celui qui dirigeait ses finances à Constantinople; il est certain que Karabet Manouc-Oglou n'eut jamais de correspondant plus fidèle, plus exact, ni même plus aimable.

Ainsi que nous l'avons dit, Ali fut également trop fidèle aux promesses qu'il avait faites d'exécuter les dernières volontés de sa mère Khamco. La bourgade de Cormovo, désignée par elle dans son testament, fut surprise si inopinément par Ali, que ceux des habitants qui ne purent s'enfuir périrent tous par le fer ou dans les supplices. Un homme, accusé d'avoir fait violence à Khamco, après son veuvage, étant tombé au pouvoir du vainqueur, Ali le fit mettre à la broche, tenailler et rôtir à petit feu entre deux brasiers. La chasse du sanglier de Calidon, à laquelle Méléagre convoqua les héros de la Grèce, ne fut pas plus célèbre dans l'antiquité que la prise de Cormovo, qui fut regardée comme un succès légitime des armes d'Ali, et qu'encore aujourd'hui les habitants de l'Épire célèbrent avec enthousiasme dans leurs chants guerriers.

Après la victoire de Cormovo, la discorde éclata bientôt entre Ali-pacha et Ibrahim, successeur et gendre de Courd, pacha de Bérat; Ibrahim ne put voir avec indifférence les empiétements du satrape de la Basse-Épire, lequel envahissait des cantons entiers dépendans du sangiac de Bérat.

Ali connaissait la faiblesse de celui à qui déja il avait arraché d'importantes concessions, aussi il le redoutait peu; mais il voyait avec inquiétude Sepher-Bey, frère d'Ibrahim (1), homme résolu, d'une bravoure éprouvée, et qui servait chaudement les intérêts d'Ibrahim. Ali entreprit de s'en défaire, chose d'autant plus difficile que Sépher-Bey était sur ses gardes : ne pouvant user de la force, il eut recours au crime le plus odieux de tous, à l'empoisonnement.

A cet effet, il employa un charlatan de Zagori, ville qui de temps immémorial était en possession de fournir des médecins à une grande partie de la Romélie, en lui promettant quarante bourses s'il parvenait à le débarrasser de Sépher-Bey. Pour masquer sa démarche, aussitôt que l'empoison-

---

(1) Ibrahim : plusieurs turcs portent ce nom que nous traduisons par Abraham; ils portent aussi les noms d'autres patriarches, de Salomon qu'ils nomment Sulyman ou Soliman; de David, Daoud; de Joseph, Joussouf, etc. Mahommet donne à Jésus-Christ, dont il nie la divinité, le titre d'Issa-Résoul, le prophète Jésus; Issa-Résoul est un nom commun aussi à plusieurs Turcs.

4.

neur eut pris la route de Bérat, le pacha de Janina l'accusa d'évasion, fit arrêter, comme com-
plices de ce prétendu délit, sa femme et ses enfants, qu'il retint en apparence en qualité d'ôtages,
et dans le fait pour gages du secret de l'attentat
qu'il était chargé d'exécuter. Sépher-Bey, informé
de cet acte de rigueur par les lettres d'Ali, qui
écrivait au visir Ibrahim de lui renvoyer son
transfuge, ne doutant pas qu'un homme persécuté
ne méritât sa confiance, le prit à son service.
Ce premier pas étant fait, l'empoisonneur, aussi
souple que perfide, s'avança tellement dans les
bonnes graces de son protecteur, qu'il devint son
apothicaire, son médecin, son confident : et à la
première incommodité, il lui administra le liquide
fatal. Dès qu'il aperçut les symptômes du poison,
il prit la fuite, et, favorisé par les émissaires d'Ali,
qui remplissaient le palais d'Ibrahim, l'homicide
arriva à Janina pour y recevoir les quarante
bourses, prix de son forfait. Il fut félicité sur sa
dextérité; Ali l'adressa à son trésorier, qui lui remit en effet le prix de son infâme action; mais,
au sortir du sérail, afin d'effacer l'unique témoin
du crime, le médecin fut pendu par un bourreau
qui l'attendait au passage. Le satrape tira encore
avantage du supplice de ce médecin, en procla-
mant qu'il avait fait punir l'assassin de Sépher-
Bey, et en publiant le récit de son empoisonnement, dont il laissa planer le soupçon sur l'épouse
d'Ibrahim-Pacha, qu'il disait être jalouse de l'as-

cendant que son beau-frère exerçait dans la maison. Il en écrivit dans ce sens à Constantinople et partout où il avait intérêt à décrier une famille dont il avait juré la perte, se doutant bien qu'il ne serait pas cru de tout le monde, mais sachant que si les blessures faites par la calomnie guérissent, leurs cicatrices ne s'effacent jamais.

Il serait trop long de rendre compte de tous les assassinats commis par Ali, ou en son nom; les beys de Cleïsoura venaient de tomber sous ses coups; Mourad, son neveu, venait d'être assommé par lui avec une buche enflammée dont il fut frappé au visage, lorsque le satrape, ne voulant rester étranger à aucun genre de souillure, se livra à la débauche la plus effrénée.

Eminé, sa femme légitime, fut reléguée dans l'intérieur du palais, sort assez ordinaire des épouses qui n'ont souvent en partage que les peines domestiques. Il remplit son harem d'une foule d'odalisques empressées à lui plaire, et celui qui se glorifiait de n'avoir pendant long-temps connu que son épouse, s'abandonna à toute la violence de ses sens. Je n'aimais qu'Eminé, disait-il quelquefois, mais Janina m'a perdu! Des plaisirs faciles lui faisaient chaque jour désirer de nouveaux plaisirs, jusqu'à ce qu'enfin de désordre en désordre il tomba dans la plus effroyable dissolution. La nuit il parcourait la ville pour y chercher des malheureuses que la prostitution rendait les plus viles des créatures. Un jour on le reconnut dans une église, caché sous un double voile, mêlé parmi des femmes grecques qui assistaient aux offices divins et qu'il épiait. Dès lors chaque maison devint pour le sexe une prison, dont il n'osa plus sortir.

Mouchtar, fils d'Ali, suivait les exemples d'intempérance de son père, et de plus il y joignait l'ivrognerie; il aurait vidé, disait-il, la coupe d'Hercule; un jour il se vantait, devant le consul général de France, d'avoir englouti une outre de vin à la suite d'un repas où il avait largement bu et mangé. Véli, frère de Mouchtar, plus cruel que lui, se plaisait à mêler la douleur au plaisir des sens, en ensanglantant par des morsures la beauté qu'il venait de profaner, ou en la déchirant avec ses ongles. Peut-être qu'il existe encore à Janina une victime de sa férocité, nommée Catherine, à laquelle il fit couper les oreilles au sortir d'une débauche. D'aussi épouvantables désordres auraient dû amener promptement la perte de la race tébélénienne; mais la Providence voulut permettre que, pendant de longues années encore, une population entière fut avilie par Ali et les monstres issus de lui.

L'ambition, passion souveraine qui pousse à tous les excès, qui apprend tout, excepté à se connaître soi-même, ne cessa pas de dominer Ali-pacha malgré ses débordements. Au milieu de ses désordres intérieurs il marcha constamment à son but. Dès qu'il apprenait qu'une contrée était divisée par les

haines, il travaillait à les envenimer, et il fomentait
la discorde partout où son autorité ne s'étendait
pas. Profitant du trouble qui agitait l'empire, il s'a-
grandissait et se fortifiait aux dépens de ses voisins,
lorsqu'en 1792, la Porte venant de finir une guerre
étrangère, voulut faire une information sur les mé-
faits de son pacha. On savait qu'il avait eu des rapports secrets avec plusieurs émissaires de la Russie,
et l'on s'était procuré des preuves littérales et ma-
térielles revêtues de son sceau. Ali-pacha demeura
prévenu d'avoir cherché à se rendre indépendant,
en se faisant déclarer prince de la Grèce. Afin de
le confondre, le sultan Sélim expédia à Janina un
capidgi-bachi, chargé d'instruire la procédure
criminelle. L'officier du sultan ayant mis sous les
yeux d'Ali-pacha les pièces authentiques qui con-
stataient ses intelligences avec les ennemis de
l'état, Ali, suivant son habitude, nia effrontément
tous les faits : il soutint que le corps de l'écriture
des lettres n'était de la main d'aucun de ses se-
crétaires ; mais comme ces écrits étaient revêtus
de son cachet, il déclara qu'il était victime d'une
surprise qu'on avait pratiquée, disait-il, pour le
perdre ; et il demanda quelques jours pour tâcher
de découvrir le mystère qui le compromettait aux
yeux de son maître. Ayant obtenu un délai, son
génie fécond en ressources le tira d'un des plus
grands embarras dans lequel il se fût jamais trouvé.
Il fit appeler près de lui un Grec, enfant de cette
race destinée à expier tous les forfaits de ses op-

presseurs, et lui tint ce langage : « le moment ou
« je vais faire ta fortune est arrivé; je t'ai toujours
« aimé, tu le sais; à dater de ce jour tu seras *mon*
« *fils*, tes enfants seront les miens, ma maison
« sera la tienne, et pour prix de mes bienfaits je
« n'exige de toi qu'un faible service. Tu connais
« ce capidgi-bachi arrivé ces jours derniers; il a
« apporté certains papiers souscrits de mon sceau,
« dont on veut se servir pour m'arracher de l'ar-
« gent. Jusqu'à présent j'en ai trop donné, et j'ai
« satisfait à trop d'exigences; cette fois je veux
« réduire au silence cet envoyé, pour ne récom-
« penser qu'un fidèle serviteur tel que toi. Il faut,
« mon fils, te rendre au tribunal du cadi, quand
« je t'en avertirai, pour y déclarer, en présence de
« l'officier du sultan, que *tu es l'auteur des lettres*
« *que l'on m'attribue, et que tu t'es servi de mon*
« *cachet sans autorisation.* »

Comme en Turquie, le système de l'obéissance
passive ne laisse ni volonté ni conscience aux
sujets, le Grec effrayé ne sut que répliquer; il
pâlit et trembla. Alors le satrape ajouta : *Que*
pourrais-tu redouter quand je te protége? S'il te
reste des doutes, je te jure au nom de mon pro-
phète, sur ma tête et celle de mes fils, qu'il ne
t'arrivera rien de fâcheux. Le Grec, courbé sous
le glaive, ébranlé d'ailleurs par les promesses du
pacha, promit de porter le témoignage que le
tyran arrachait à sa conscience. Aussitôt Ali s'em-
pressa de faire savoir au capidgi-bachi qu'il avait

découvert la trame infernale ourdie contre lui, que c'était l'œuvre d'un homme soudoyé par la Russie ; que cet agent comparaîtrait au tribunal, et que la vérité y triompherait.

Le capidgi-bachi s'étant rendu à la cour du cadi, le Grec tremblant y comparut. Connais-tu cette écriture, lui demanda le cadi ? — C'est la mienne. — Ce sceau ? — C'est celui d'Ali pacha, mon maître. — Comment se trouve-t-il apposé au bas de ces lettres ? — Seigneur, c'est de mon chef que je l'y ai mis, en abusant de la confiance du pacha qui me le laissait parfois pour signer ses ordres. — Cela suffit, retire-toi.

Le bélouk-bachi (capitaine des gardes) après avoir fait connaître à Ali-pacha, par un signal convenu, que l'affaire était terminée d'une manière satisfaisante, fit saisir le malheureux Grec au sortir de l'audience ; ses sbires poussèrent des cris qui étouffèrent la voix de l'infortuné, et il fut pendu dans la cour même du tribunal sans avoir pu se faire entendre..... Alors le satrape triomphant monta à l'hôtel de justice ; il se présenta au cadi, demandant le résultat de la procédure. On lui répondit par des acclamations, et de suite il annonça qu'il venait de faire pendre le Grec, criminel auteur de la félonie qui pesait sur sa tête, ajoutant : « *Puissent être punis et périr* « *ainsi tous les ennemis de notre glorieux sultan.* »

Un procès-verbal fut dressé par le capidgi-bachi, au moyen de quoi la justification d'Ali-pacha fut suffisamment établie. Ce dernier remit à l'officier un don de cinquante bourses (vingt-cinq mille francs), qui furent agréées sans difficulté. Quelques jours après, Karabet Manouc-Oglou fit, à Constantinople, de riches présents à plusieurs membres du divan, de la part d'Ali-pacha, qui avait souvent éprouvé la puissance des cadeaux pour exciter la bienveillance des ministres, et le Grand-Seigneur, abusé, consentit à lui rendre une confiance qui devait être trahie à la première occasion.

Ali finit par expulser de Bérat le visir Ibrahim dont il convoitait depuis long-temps les riches dépouilles qu'il s'appropria. Alors il s'allia avec les Anglais, et, en 1807, il les poussa à porter leurs armes contre les sept îles. Il les aida à faire insurger Cérigo, Zante, Céphalonie, Ithaque, etc., qu'ils ont gouverné avec le titre spécieux d'*îles affranchies*, titre qu'elles ont depuis si cruellement expié sous leur joug de fer. Ali était digne d'avoir contribué à la conquête de ces îles, puisqu'elle était le résultat de la trahison : aussi, devenu plus fier de l'appui de ses dignes alliés il donna ouvertement cours à ses projets ambitieux, qui n'allaient à rien moins, depuis l'envahissement de Bérat, qu'à s'emparer de Scodra, et à donner pour frontière au sultan le cours de l'Hèbre.

L'or de l'Angleterre donné à Ali-pacha, des plans d'indépendance et d'hérédité dans la famille de Tébélen, hautement publiés par ses imprudents amis qui rêvaient le projet de fonder aux dépens de la Porte, une grande vassalité dans l'Épire, afin de contrebalancer l'influence russe dans les provinces ultra-Danubiennes, désillèrent les yeux du Grand-Seigneur ; mais, n'ayant pas de données exactes pour parvenir à châtier le satrape de Janina, sa hautesse s'adressa au chef de la légation française pour obtenir de lui, ou de son subdélégué en Épire, des avis sur un plan destiné à purger la terre du plus cruel de ses dévastateurs. Ce plan fut arrêté en 1810, sans préciser le temps où on le mettrait à exécution. Dès lors la perte d'Ali et de sa race sanguinaire, fut érigée en maxime par le sultan, et elle devint pour lui une proposition pareille à l'anathême prononcé par l'inflexible Caton contre Carthage, dans le sénat romain. Cependant on évita avec soin tout ce qui pouvait éveiller les soupçons du condamné IN PETTO, qui ne vécut plus que sous le poids d'un sursis. On resta avec lui sur le pied de ces réconciliations qui suivent toujours les dissensions civiles, c'est-à-dire amis sans intimité et satisfaits sans contentement, de sorte qu'en considérant l'humeur du sultan Mahmoud et celle de son visir, l'on ne saurait dire lequel des deux était le plus perfide et le plus faux, du maître ou de l'esclave.

Le succès et l'impunité achevaient de corrompre le jugement d'Ali-pacha. Croyant que ses déportements étaient oubliés à Constantinople, il brava par divers attentats la France, le plus puissant alors des empires, notamment en enlevant sur un bâtiment français, poussé par les vents contraires au port Panorme, le major Constantin Adruzzi, ancien officier du roi Ferdinand de Naples, récemment entré au service de France. A la nouvelle de cette hostilité qui mettait entre les mains du satrape un officier, son fils et son neveu, tous attachés à l'armée de Napoléon, le cabinet des Tuileries, voulant en finir avec Ali-pacha, écrivit à son consul général que, vu l'inutilité des démarches faites jusqu'alors auprès du divan, il lui donnait plein pouvoir de déclarer la guerre à Ali-Tébélen, en laissant à la direction du consul le choix de la forme, du lieu et du temps à donner à son manifeste. Les armées des provinces Illyriennes, de Naples et de Corfou avaient ordre d'agir au premier signal; mais la Porte ayant eu connaissance des menaces faites à son visir, et ayant donné quelques-unes des satisfactions demandées, cette déclaration de guerre n'eut aucune suite. Toutefois rien ne put empêcher Ali de faire périr le major Adruzzi, sous le prétexte qu'il était né en Épire, qu'ainsi il n'aurait pas dû, sans son autorisation, accepter de service étranger; le malheureux Adruzzi fut assassiné dans sa prison, et le satrape répandit le bruit qu'il s'était tué en voulant s'évader et en tombant. Son fils et son neveu, plus heureux, obtinrent leur liberté.

Au mois de février 1812, Ali-pacha venait de terminer la conquête de l'Acrocéraune. Il avait en ses mains Moustapha-pacha et soixante-douze ôtages. L'on pensait qu'il avait bonne envie de violer la capitulation conclue, et de faire périr ces malheureux ôtages. Le consul général de France se rendit près de lui pour quelques affaires à régler, quand parvenu dans les vastes appartements du palais, un rideau de brocard se leva. Le visir était dans une attitude pensive, couvert d'un manteau écarlate, chaussé avec des bottes de velours cramoisi, appuyé sur une hache d'armes; il tint au consul un discours qui peignait bien l'état de son ame et qui mérite d'être rapporté.

« Te voilà, dit-il d'une voix étouffée! c'est toi
« mon fils! le sort est accompli : mes ennemis
« malgré leur dernière tentative d'évasion, (les
« ôtages) n'ont pu pousser ma *clémence* à bout;
« je les tiens en mon pouvoir, et je ne m'en ser-
« virai pas pour les perdre. Crois m'en, mon cher
« consul : oublie tes préventions contre moi. Je
« ne te dirai plus de m'aimer, je veux t'y forcer
« en suivant un système opposé à celui que j'ai
« mis jusqu'à présent en pratique. Ma carrière est
« remplie, et je vais terminer mes travaux en mon-
« trant que si j'ai été terrible et sévère, je sais
« aussi respecter l'infortune et l'humanité. Hélas !
« mon fils, le passé n'est plus en mon pouvoir :
« j'ai versé tant de sang que son flot me suit, et
« que je n'ose regarder derrière moi. »

Le discours du visir fut interrompu dans cet endroit par un violent coup de tonnerre, qui fit trembler les voûtes du palais; il reprit en soupi-

rant : « J'ai désiré la fortune, et je suis comblé de
« ses dons; j'ai souhaité des sérails, une cour, le
« faste, la puissance, et j'ai tout obtenu. Si je com-
« pare la cabane de mon père à ce palais brillant
« d'or, d'armes, de tapis précieux, je devrais être
« au comble du bonheur. Ma grandeur éblouit le
« vulgaire; tous ces Albanais, prosternés à mes
« pieds, envient l'heureux Ali-Tébélen; mais si
« l'on savait ce que me coûtent ces pompes, je
« ferais pitié. Je me montre à nu devant toi, plains-
« moi : parents, amis, j'ai tout sacrifié à mon am-
« bition!... J'ai étouffé.... j'ai étouffé jusqu'à la
« voix de la nature!...

« Je souhaite que tu ne le saches jamais (1). Je
« ne suis entouré que de ceux dont j'ai égorgé les
« familles; je te l'ai dit autrefois : mais éloignons
« ces tristes souvenirs. Mes ennemis sont en mon
« pouvoir, je prétends les asservir par mes bien-
« faits. Je veux que Cardiki devienne la fleur de
« l'Albanie; et je me propose de passer mes vieux
« jours à Argyro-Castron. Voilà les derniers projets
« que je forme, et si je pouvais obtenir Parga, *que*
« *je te demande inutilement depuis tant d'années*,

---

(1) Ce crime qu'Ali avait sur la conscience, était d'avoir fait
jeter dans le lac toutes les filles nées de ses femmes, par un sentiment qui le portait à croire que, par leurs alliances, elles de-
viendraient les esclaves de quelques beys ou pachas, indignes de
la splendeur de son nom. Peut-on joindre tant d'orgueil à tant
de cruauté?

« Parga que je payerais ce qu'on voudrait, en te
« faisant une fortune brillante, tous mes vœux
« seraient remplis.. etc. »

Le consul général était loin d'ajouter foi à ce
qu'il venait d'entendre : il savait que ce langage
affecté devait faire croire à quelque grande atro-
cité; car jamais, dans l'Orient, un homme en place
n'est plus affectueux que lorsqu'il médite une perfidie. Le satrape avait en vain caché sa brûlante
fureur sous le patelinage d'un tigre; ses crimes
passés disaient trop ceux qu'il pouvait encore
commettre, pour qu'on pût ajouter foi à une seule
de ses promesses de modération et d'humanité.
En effet, les ôtages périrent bientôt sous une fu-
sillade meurtrière sans pouvoir se défendre, et
la ville de Cardiki étant tombée en son pouvoir,
les malheureux Cardikiotes furent presque tous
massacrés. Les morts étant dépouillés, il ordonna
qu'on en formât plusieurs trains, afin que, en-
traînés par le Célydnus et l'Aoüs, ce spectacle
glaçât d'épouvante les peuplades de la Iapourie,
depuis Tébélen jusqu'à Apollonie, où l'Aoüs verse
ses eaux dans l'Adriatique. C'était le résultat de
la convention stipulée dans un banquet de vengeance entre le tyran et son implacable sœur
Chaïnitza.

On sait que, pour l'honneur de la France, cette
puissance s'opposa autant qu'il dépendit d'elle, à
l'occupation de Parga, objet de tous les vœux
d'Ali-pacha. Il était réservé aux Anglais, par un

traité conclu à Janina le 30 juin 1817, de vendre au satrape un territoire sacré, où le vrai Dieu devait bientôt cesser d'être adoré. Le 10 mai de l'année suivante, une proclamation du lord haut-commissaire des îles Ionnienes annonça aux Parguiniotes que le jour fatal, où les chrétiens devaient pour jamais quitter leur patrie, était arrivé. La population entière abandonna une foule de trésors amassés par une industrieuse économie, et 839 palais et maisons furent bientôt la demeure de ses implacables ennemis.

L'occupation de Parga était loin de satisfaire les vœux d'Ali-Pacha, tout comblé qu'il était des faveurs d'une politique déloyale. La joie de sa possession était refroidie par le regret de n'avoir pu immoler à son ressentiment les Parguiniotes, qui avaient fui sur une terre étrangère à sa domination. Parvenu à travers des flots de sang à l'usurpation d'un pays égal en population aux royaumes unis de Suède et de Norvège, il soupirait encore après la conquête de Scodra, où il soudoyait une faction qui réduisait le pacha Moustaï à vivre dans de continuelles alarmes. La Valachie, la Moldavie, la Thrace, la Macédoine étaient remplies de ses émissaires ; il était présent partout, au moyen de ses espions, et mêlé aux intrigues générales et particulières de l'empire. Par le moyen de Khalet-Effendi il venait de faire éloigner Khourchid de Bitolia, ou Monastir ; ses fils, à l'exception de Véli, et ses petits-fils étaient pourvus d'emplois

éminents. Il pouvait se croire égal aux souverains;
car, si le titre lui manquait, les flatteurs ne lui
manquaient pas. L'adulation de quelques lâches
écrivains commençait à l'élever sur le pavois des
usurpateurs heureux; on avait imprimé à Vienne
un poëme en l'honneur d'Ali-Tébélen; un savant
dans l'art héraldique lui avait fabriqué un blason
représentant *sur un fond de gueule un lion em-
brassant trois lionceaux*, emblême de la dynastie
tébélénienne; on venait de lui dédier une gram-
maire française et grecque, où les titres de *très-
haut, très-puissant et très-clément*, lui étaient pro-
digués; d'un moment à l'autre, il pouvait arborer
un pavillon particulier et avoir ses comtes et ses
barons, lorsque la fortune, qui l'avait accablé de
ses dons, vint bientôt l'avertir, comme Polycrate,
tyran de Samos, qu'elle était prête à l'abandonner.

Ali-pacha avait à Constantinople un antagoniste puissant nommé Ismaïl-Pacho-Bey, qui avait
accès auprès du Grand-Seigneur. Enivré du poison
de la prospérité, Ali conçut la résolution d'épou-
vanter le Divan par un de ces coups d'audace qui
lui avaient souvent valu des succès que le bon
droit même obtient rarement. Il résolut de se défaire de Pacho-Bey par un assassinat, et trouva
des hommes disposés à exécuter son projet. Trois
Albanais, qu'il expédia à Constantinople pour rem-
plir sa commission, parvinrent à joindre Pachô-
Bey et à l'attaquer à coups de pistolet au moment
où il se rendait à la mosquée de Sainte-Sophie, à

laquelle le sultan devait se porter en ce jour pour assister à la prière canonique du vendredi. Le hasard voulut que les balles qui atteignirent l'antagoniste du satrape ne lui fissent pas de blessures mortelles; mais les coupables, saisis en flagrant délit, après avoir confessé qu'ils étaient des agents d'Ali-pacha, furent pendus devant la porte du sérail impérial de Sa Hautesse.

Le supplice des assassins de Pacho-Bey, loin de calmer les inquiétudes du sultan et de ses ministres, leur démontra qu'il n'y avait plus de sûreté publique dans la capitale, tant que le visir de Janina aurait des séides capables de se dévouer à la mort pour accomplir ses volontés; on se rappela qu'il avait réussi à faire assassiner, dans le désert de Damas, Jousouf Lâla, kiaya de la sultane Validé, lorsque ce ministre revenait du pèlerinage de la Mecque. En récapitulant ses attentats, et en considérant que ses trésors faisaient sa principale force, sa perte fut définitivement arrêtée dans un conseil privé; on prononça contre lui la sentence de fermanly, qui fut ratifiée par un fetfa. Elle portait : « qu'Ali-Tébélen, déclaré coupable de lèze-« majesté au premier chef, ayant obtenu à diverses « reprises le pardon de sa félonie, était mis comme « relaps au ban de l'empire, s'il ne se présentait *au* « *seuil doré de la porte de félicité du monarque* « *dispensateur des couronnes aux princes qui* « *règnent dans le monde*, dans le délai de quarante « jours, pour s'y justifier. »

Tel fut l'acte par suite duquel Ali-pacha, après s'être créé une de ces réputations qui retentiront dans l'avenir, est tombé du faîte de la puissance en léguant à l'Épire, sa patrie, l'héritage funeste de l'anarchie, des maux incalculables à la dynastie tartare d'Ottman, l'espérance de la liberté aux Grecs, et de longs sujets de discorde à l'Europe; mais, si la résolution du divan fut soutenue avec énergie, la résistance d'Ali fut longue et terrible. Ayant appris que Pacho-Bey était nommé à sa place, pacha de Janina, et chargé du commandement de l'armée envoyée par le Grand-Seigneur pour occuper ce sangiac, il ne tarda pas à rassembler quinze à vingt mille combattants, auxquels il donna pour général en chef Omer Brionis, bey d'Avlone; il se hâta d'envoyer son fils Mouctar prendre le commandement de Bérat; il plaça sous ses ordres Salik-pacha, qu'il chargea de la défense de Prémiti, et du soin de couvrir les défilés de Pyrrhus jusqu'à Cléïsoura. Véli-pacha eut en partage le gouvernement de Prévesa; son fils aîné, Méhémet-pacha, fut nommé au poste de Parga; Hussein-pacha, fils de Mouctar, à celui de Souli; Mahmoud-Bey, son frère, passa à Tébélen; Tahir-Abas, à Paramithia. Ces dispositions mirent fin à certaines dissensions domestiques qui agitaient la famille du vieux satrape.

En distribuant ainsi les places fortes qu'il voulait défendre à toute outrance, Ali jugea convenable de rester à Janina, point central de ses opérations. Il se flattait que ses châteaux bien approvisionnés, en cas de défection de son armée, seraient, sinon imprenables, au moins capables par une longue résistance de ruiner l'armée impériale.

Il fut trompé dans plusieurs de ses espérances. Ses fils le secondèrent mal et finirent même par l'abandonner. Pacho-bey, connu depuis sous le nom d'Ismaël, s'avança jusque devant Janina. La place fut bombardée avec acharnement et défendue avec une égale opiniâtreté. Dans une foule d'occasions, Ali, placé sur la brèche, brava les bombes et les boulets, qui semblaient diverger et s'écarter de sa tête en arrivant, comme si un pouvoir invisible eût changé leur direction.

Les bornes de cette notice ne nous permettent pas de rendre compte d'une multitude de combats dont quelques-uns pourraient être appelés des combats homériques. On en trouvera le détail dans l'ouvrage de M. de Pouqueville, dont les récits pleins de vérité sont constamment animés par la plus haute éloquence. Nous nous bornerons ici à donner quelques notions sur les derniers moments du satrape, qui ne devait pas mourir de la main des braves.

L'armée impériale avait changé de général; elle était commandée au commencement de 1822, par Khourchid-pacha, qui joignait au courage la prudence et l'adresse, qualités souvent plus précieuses qu'une bouillante valeur. Ce chef habile résolut de s'emparer de la personne d'Ali-pacha par ruse; et voici comment il s'y prit. Le 27 janvier 1822, il lui fit annoncer, par un confident chargé de l'abuser, qu'ayant supplié le sultan de lui accorder son pardon, *Sa Hautesse changeant sa colère en clémence* lui avait fait grace; qu'il venait d'en recevoir l'avis semi-officiel, par la voie d'un membre du divan. Les conditions du hati-chérif, disait Khourchid, portaient qu'Ali-Tébélen se rendrait à Constantinople pour se prosterner aux pieds d'un souverain justement irrité, qui ratifiait d'avance l'oubli du passé, que l'amnistié conserverait toute sa fortune et se rendrait ensuite en Asie.

En attendant l'arrivée de l'acte de clémence, le kafetandgi fit croire au visir Ali que Khourchid-pacha désirait avoir une entrevue avec lui. Il lui persuada qu'elle ne pouvait avoir lieu dans le château, qu'il était convenable de se rendre dans l'île du Lac, où se trouvait un magnifique kiosque construit dans des jours plus heureux. A cette proposition le satrape parut hésiter, et le kafetandgi voulant prévenir ses objections, lui dit: qu'en lui faisant la demande de passer dans l'île, il s'agissait de montrer à l'armée, qui en était déja informée, que toute mésintelligence publique avait cessé entre lui et le généralissime du sultan; que Khourchid se rendrait à la conférence accompagné des seuls membres de son divan; mais qu'il était naturel qu'un homme proscrit, comme Ali, fût sur ses gardes; qu'il pourrait, en conséquence, envoyer visiter le local, prendre avec lui tel nombre de ses gardes qu'il jugerait convenable; qu'on lui laisserait, de plus, la faculté de tenir les choses sur le pied où elles se trouvaient dans la citadelle, c'est-à-dire la mèche allumée.

La proposition fut acceptée : Ali se rendit à l'île avec une vingtaine des siens. Il y fit transporter Vasiliki, qu'il avait épousée en secondes noces, ses diamants et quelques caisses d'argent. Plusieurs jours se passèrent sans que le sérasquier Khourchid se fît annoncer; il se borna à prétexter qu'il était malade et à envoyer quelques-uns des chefs de son armée pour visiter Ali, qui était dans une parfaite sécurité et se félicitait hautement d'être venu dans l'île, à un tel point qu'on ne vit jamais de trompeur plus complètement joué.

Khourchid ne s'occupait que d'isoler entièrement Ali de la citadelle, de couper toutes ses communications et d'occuper militairement les châteaux; ce à quoi il réussit dans la matinée du 5 février. Vers midi, Ali qui se trouvait toujours dans l'île perdit toute espèce d'illusion. Il vit bien qu'il avait attendu vainement le sérasquier et le firman annoncé par lui; qu'il ne sortirait pas du piége où on l'avait attiré. Son pouls battait avec une force extrême, sans que ses traits décelassent son trouble intérieur. Ceux qui l'ont vu dans ce moment solennel, prétendent qu'il affectait une contenance

assurée; mais combien elle était éloignée du calme
de l'innocence !... Ses gardes rangés autour de lui
préparaient leurs cartouches, l'œil fixé sur le lac.
On remarqua qu'il était plongé par intervalles
dans de profondes pensées; qu'il bâillait fréquem-
ment, et qu'il passait souvent les doigts dans sa
barbe. Il but plusieurs fois du café et de l'eau à
la glace; sans cesse il tirait sa montre, prenait sa
longue vue, regardant tour à tour le camp, les
châteaux de Janina, le Pinde et les eaux tran-
quilles du lac. Les heures lui semblaient trop
longues; il n'osait fixer le ciel : pas un seul mot
de la divinité, ni d'un autre avenir, ne sortirent
de sa bouche. Occupé quelquefois à visiter ses
armes, ses yeux étincelaient du feu de la jeunesse
et du courage; il semblait souhaiter d'avoir un
éclaircissement définitif sur son sort. Suivant sa
coutume, il était assis en face de la porte d'entrée,
pour être le premier à apercevoir ceux qui se pré-
sentaient. On venait de découvrir quelques bateaux
qui s'avançaient vers l'île, et il était cinq heures
du soir quand on vit arriver Hassan-pacha avec
un visage sombre, Omer Brionis, Méhémet,
sélictar de Khourchid, son cafetandgi, plusieurs
chefs de l'armée et une suite nombreuse. A leur
aspect, Ali se lève avec impétuosité, la main sur
ses pistolets de ceinture : *Arrétez!.... Que m'ap-
portez-vous?* crie-t-il à Hassan d'une voix ton-
nante.—*La volonté de Sa Hautesse : connaissez-
vous ces augustes caractères?* en lui montrant le

frontispice brillant de dorure, qui décorait le firman. — *Oui, et je les révère.* — *Eh bien! sou-
mettez - vous au destin ; faites vos ablutions ;
adressez votre prière à Dieu et au Prophète ;
votre tête est demandée par.....* Ali ne lui laisse
pas le temps d'achever. — *Ma tête*, répliqua-t-il
en fureur, *ne se livre pas si facilement.*

Ces mots prononcés rapidement, sont suivis
d'un coup de pistolet qui blesse Hassan à la cuisse.
Aussi prompt que l'éclair, Ali tue le cafetandgi,
et ses gardes tirant en même temps sur la foule,
jettent bas plusieurs tchoadars. Les osmanlis épou-
vantés désertent le pavillon. Ali s'aperçoit que son
sang coule : il est frappé à la poitrine. Il mugit
comme un taureau. On tire de toutes parts sur
le kiosque. Quatre de ses palicares tombent à ses
côtés. Il ne sait plus où donner de la tête. Il entend
le bruit des assaillants qui sont sous ses pieds. Ils
tirent à travers le plancher en bois sur lequel il
marche. Ali vient de recevoir une balle dans le
flanc ; une autre, tirée de bas en haut, l'atteint à
la colonne vertébrale ; il chancelle, il s'accroche
à une fenêtre, il roule sur un sopha : *Cours*, s'é-
crie-t-il, en s'adressant à l'un de ses serviteurs,
*Vas, ami, égorge la pauvre Vasiliki; que la mal-
heureuse ne soit pas souillée par ces infames.*

La porte est enfoncée ; toute résistance a fini.
Les palicares, qui ont cessé de défendre le tyran,
se précipitent par les fenêtres. Le sélictar de Khourchid-pacha entre, suivi de ses bourreaux. Ali était

encore plein de vie : *Que la justice de Dieu s'accomplisse*, dit un cadi ; et les bourreaux saisissant, à ces mots, le criminel par la barbe, le traînent sous le péristyle : là, appuyant sa tête sur un des degrés de l'escalier, ils frappent à coups redoublés avec un coutelas avant de pouvoir le décoller. Ainsi finit, après avoir subi les transes de l'agonie, Ali, mis à mort par la main d'un bourreau ; le ciel n'ayant pas voulu, pour l'exemple futur des tyrans, qu'il mourût au champ d'honneur.

La vie de l'infortunée Vasiliki fut respectée. Conduite en la présence du séraskier, elle se précipita aux genoux du vainqueur d'Ali, non pour lui demander de l'épargner, mais de respecter sa pudeur. Il la rassura et lui promit la protection du sultan.

La tête du tyran avait conservé quelque chose de si imposant et de si terrible, que les osmanlis ne purent se défendre d'une sorte de stupeur, en la voyant. Khourchid, auquel on la présenta, sur un large plateau en vermeil, se leva pour la recevoir, s'inclina trois fois devant elle ; et, baisant respectueusement sa barbe, il parut souhaiter d'avoir une fin pareille : tant la bravoure d'Ali l'emportait dans l'esprit des barbares sur le souvenir de ses crimes. Il ordonna de parfumer d'essences les plus précieuses cette tête, qu'il envoya, accompagnée d'un immense cortége, à Constantinople, où elle fut exposée le 23 février 1822 à l'entrée du bab-humayoum (porte impériale), avec un large écriteau placé au dessus, indiquant les crimes du rebelle.

------●○○●------

Reprenons maintenant le cours des aventures de l'Arménien Karabet, qui doivent paraître bien pâles auprès des événements terribles dont nous avons donné sommairement le récit. Ces événements tragiques, dont le banquier a eu connaissance personnelle et auxquels il a participé dans sa sphère, se liaient à l'exposé de sa vie. Il regarde comme un avantage considérable d'avoir été longues années en relation avec le satrape de Janina ; et il trouve, en considérant ses commencements, son élévation, sa fortune colossale et sa mort, un sujet inépuisable de méditations, dont quelques-unes ne sont pas sans charme pour lui. Toutefois, on verra que ce fut la révolte d'Ali-pacha qui entraîna la condamnation à mort de son banquier, la confiscation de ses biens et sa ruine définitive ; mais le visir ne fut que la cause occasionnelle et indirecte de ce désastre particulier. Il est certain même qu'en apprenant la disgrace de ses partisans, de ses banquiers et de ceux qui étaient ses correspondants d'affaires dans la capitale, il en manifesta autant de regret qu'on pouvait en attendre de lui. La violence du sultan Mahmoud, prince de haute et insatiable avidité, ne demandait qu'un prétexte pour dépouiller Karabet, que l'on supposait encore plus riche qu'il ne l'était réellement ; la rébellion du pacha de Janina fut celui que l'on ne manqua pas d'employer pour faire main basse sur l'Arménien.

Mais n'oublions pas que nous avons à rendre compte du séjour de Karabet auprès d'Ali à Janina : ainsi que nous l'avons fait remarquer en tête de la notice sur Ali-pacha, Karabet Manouc-Oglou avait toujours eu lieu d'être pleinement satisfait de ses rapports d'intérêts avec lui ; il savait qu'en plusieurs circonstances Ali avait hautement témoigné la satisfaction qu'il éprouvait de la droiture et du zèle de son banquier ; aussi ce dernier éprouvait une sorte de joie en arrivant à Janina, et c'est avec une pleine assurance qu'il se présentait au palais du satrape. Il ne fut pas trompé dans son espoir ; car Ali-pacha lui donna les marques les plus signalées de sa bienveillance ; il le reçut avec une grande distinction, ordonna qu'on lui préparât un logement dans une dépendance de son château et que sa table y fût servie à souhait. Les fils d'Ali montrèrent les mêmes égards que leur père pour leur hôte, recherchèrent sa société, et voulurent même vivre dans une sorte d'intimité avec lui. Les malheurs avaient rendu Karabet prudent et discret : il ne raconta qu'une partie des aventures dont il avait été victime, et sans user de mensonges ni d'artifices, il eut soin de cacher le dénûment presque absolu dans lequel il se trouvait. Connaissant sa prudence et

sa loyauté, les fils d'Ali ne craignirent pas de
lui confier leurs affaires les plus importantes, et
de même, plusieurs autres personnes, voyant la
distinction avec laquelle le pacha traitait son banquier, recherchèrent sa protection comme celle
d'un personnage de la plus haute importance. Un
jour Ali-pacha ayant ordonné la mort d'un jeune
Grec, accusé d'outrage à la pudeur envers une
jeune fille, la mère du condamné cherchant tous
les moyens de le sauver, accourut chez Karabet,
se jeta à ses pieds, le suppliant par ses larmes
d'aller implorer auprès du visir la grace de son
fils unique. Manouc-Oglou, touché des pleurs de
cette malheureuse mère, lui promit tous ses soins;
mais, avant de se rendre auprès d'Ali-pacha, il
crut devoir passer chez Mouchtar son fils pour
se concerter avec lui. Un autre spectacle dou-
loureux l'attendait chez Mouchtar : il le trouva
couché sur un sopha, plongé dans un abattement
si profond qu'à peine pouvait-il parler. Karabet
lui demanda la cause de sa tristesse : « Je suis
« perdu, lui répondit-il, c'en est fait de moi, je
« ne désire plus que la mort : allez, *dostum* Ma-
« nouc - Oglou, mon cher ami Manouc - Oglou,
« allez demander la grace du jeune Grec; mais je
« ne saurais vous accompagner auprès du visir,
« car j'ai moi-même à vous prier de solliciter un
« pardon bien autrement important, en faveur
« d'une personne que j'aime plus que moi-même. »
— Expliquez-vous, dit Karabet, de quoi s'agit-il,

que puis-je faire pour vous? — Hélas! reprend
Mouchtar, il faut que vous sachiez que mon père
est allé ce matin faire une visite à mon épouse, et
qu'il la trouvée baignée dans ses larmes. Tout
surpris, il l'a interrogée, l'a pressée vivement, et
lui a fait confesser la cause de ses chagrins. Vous
savez ce que la jalousie peut inspirer à une femme :
elle s'est mise à lui raconter ses griefs, qu'elle a
beaucoup exagérés; elle lui a dit que je couchais
rarement dans mon palais, que j'étais sans amour
pour elle, et que de plus je lui avais enlevé l'an-
neau nuptial en diamants que mon père lui donna le jour de ses nôces, pour en faire un indigne
hommage à Euphrosine mon amante. Il est certain
que je ne suis pas sans torts vis-à-vis de ma
femme; cette dernière circonstance n'est malheu-
reusement que trop vraie : aussi a-t-elle excité la
colère de mon père, au point qu'il a juré de faire
jeter dans le lac la belle Grecque Euphrosine,
celle que mon cœur adore et pour qui je donne-
rais volontiers ma vie. Chose horrible! il a déja
fait mettre en prison ma maîtresse et dix de ses
suivantes, les plus belles personnes de Janina. Son
infâme silichtar vient de m'annoncer qu'il avait
ordre de préparer les sacs de cuir pour les plonger
toutes dans le lac. Vous voyez, mon ami Manouc-
Oglou, combien ma situation est fâcheuse; elle
est plus déplorable peut-être que celle de la malheureuse mère pour qui vous vous intéressez;
car, comme elle, je vais perdre ce que mon cœur

chérit le plus, et en outre, à cause de moi, dix des plus belles femmes de la ville vont périr dans les eaux de Janina. Je vous le répète, *aman iki ghioscum, Manouc-Oglou* (par mes yeux, mon bien cher Manouc-Oglou), sauvez le jeune Grec, mais sauvez aussi les *doudou* (les nymphes) que leur beauté seule devrait faire absoudre. Alors vous serez plus que mon ami, vous serez mon bienfaiteur, et je vous regarderai comme mon véritable père. Le visir Ali m'a fait signifier que si je paraissais devant lui, je serais étranglé sur le champ. Vous connaissez sa volonté terrible, et combien il est difficile de la fléchir : aussi je ne puis que rester ici, en proie à ma douleur profonde, me reposant sur votre zèle, vous conjurant de faire cette bonne œuvre pour la gloire du maître de l'univers, et par considération pour votre ami, l'infortuné Mouchtar. »

Karabet, vivement ému, lui promit qu'il allait travailler de tout son pouvoir à la délivrance de ces intéressantes Albanaises, et que sans tarder il se rendrait auprès du visir. Il se fit en effet conduire au palais d'Ali-pacha, où il arriva après le dîner ; il le trouva d'assez bonne humeur, et se plaça auprès de lui, sans dire un seul mot, selon l'usage des Turcs ; mais, quelques minutes après, Ali lui dit : *Soïlé alaha seversin, Manouc-Oglou* (dites quelque chose, parlez, Manouc-Oglou, si vous aimez Dieu) ; alors Karabet lui fit connaître qu'il éprouvait un trouble inexprimable depuis

la visite qu'il avait reçue le matin d'une pauvre
femme, mère d'un jeune Grec condamné à mort
pour une faute légère ; que les plaintes et les cris
de cette femme étaient déchirants ; qu'elle sou-
tenait que les torts étaient du côté de la jeune
fille, parce qu'antérieurement elle avait eu des
relations intimes avec son fils ; qu'elle l'avait sé-
duit plutôt qu'elle n'en avait été séduite, et
qu'enfin cette mère suppliait le visir de ne pas
la priver du seul appui de sa vieillesse.

Ali consentit à accorder la grace du jeune Grec,
sur la recommandation de son banquier, à qui il
dit obligeamment qu'il était bien aise de faire
quelque chose qui lui fût agréable. Karabet, encouragé par ce succès, allait entreprendre une
tâche plus difficile, celle de parler en faveur des
Albanaises, lorsque le silichtar entra pour annoncer à Ali que ses ordres suprêmes venaient d'être
exécutés. Le solliciteur demeura interdit; il garda
le silence et comprit bien que la malheureuse
Euphrosine et ses compagnes n'existaient plus ;
en effet, elles expiraient au moment même dans
les eaux du lac. Alors Ali regardant Manouc-Oglou,
lui dit froidement : Vous avez bien fait de venir,
car si vous eussiez tardé de quelques minutes,
le Grec aurait subi le sort des orouspou (courti-
sanes) de mon fils, qui par ma volonté ont cessé
de vivre, et dont le dernier supplice leur a été
mérité par le scandale qu'elles causaient. A ces
mots Karabet s'inclina et se retira, dans la crainte

de ne pouvoir plus long-temps maîtriser son émotion. Le jour même, Mouchtar prit la fuite, abandonnant son épouse légitime et le séjour de Janina, pour n'y plus reparaître de long-temps.

Ali-pacha, si cruel dans ses vengeances et si terrible dans ses résolutions, n'en était pas moins un protecteur zélé et quelquefois un ami plein d'ardeur. Aussi le firman qu'il avait sollicité au profit de Karabet, qui lui permettait de rentrer à Constantinople, ne tarda point à arriver. Ce fut un vendredi qu'il parvint à Jânina, où lecture en fut faite selon l'usage, devant les principales autorités réunies en assemblée. La semaine suivante, après plusieurs actions de grace, Karabet prit congé du pacha et de ses amis. Avant son départ de Janina, il avait été admis plusieurs fois à la table d'Ali, qui lui fit cadeau de diverses fourures, en l'engageant à se souvenir de lui, d'avoir au besoin recours à sa protection et d'employer la même exactitude et la même loyauté qui avaient toujours présidé à leurs opérations financières.

Après une marche de quinze jours, le banquier arriva dans la capitale, où il fut bien accueilli par le gouvernement, et où il retrouva son fidèle associé Jacob Thérésias. Sa fortune avait beaucoup souffert comme on le sait, sans que son courage en fût abattu ; il conservait toujours l'espoir de la relever ; rien n'avait pu rebuter son esprit entreprenant, actif, avide d'opérations commerciales. On était alors au commencement de 1812, lors-

qu'il fît une expédition considérable de marchandises pour Moscou, composée de soieries, de
parfumeries, de comestibles, tels que figues,
raisins secs, dattes, etc. Cette fatalité malheureuse
qui poursuivait l'Anatolite depuis tant d'années,
voulut que les Français arrivassent dans la ville en
même temps que les marchandises, qui furent toutes
consumées dans l'océan de flammes allumées par
les ordres du célèbre gouverneur Rostopchin. Des
valeurs pour plus de deux cent mille roubles furent
encore perdues pour Karabet, et il ne retira de son
entreprise que des certificats illusoires, ainsi que
la promesse d'une indemnité que le gouvernement
russe n'a jamais payée. En 1813, il fit un voyage
à Saint-Pétersbourg, où on ne lui offrit en répara-
tion de ses pertes qu'un terrain vague, dans une
province éloignée, à la charge d'aller s'y établir
avec sa famille. Cette offre ne pouvait lui conve-
venir; il aima mieux s'en retourner dans sa patrie,
après deux années de sollicitations inutiles. Son
associé Thérésias était toujours resté à Constantinople, où il reprit encore avec lui le cours accoutumé de ses affaires. Mais à peine avait-il goûté
quelque temps de repos, que le sort voulut épuiser
sur lui des traits plus cruels que tous ceux qui
l'avaient atteint précédemment. C'est à cette époque qu'Ali-pacha se déclarant indépendant de la
Porte ottomane, le *fermanly* dont on a parlé dans
la Notice fut rendu public. Le Grand-Seigneur,
fatigué depuis long-temps des perfidies du sa-

trape, entra dans une telle fureur qu'il jura de tirer la vengeance la plus terrible tant du rebelle que de ses partisans. Il fit étrangler à Constantinople plusieurs individus qu'il supposait agents secrets d'Ali-pacha. Les deux banquiers Karabet et Thérésias ne furent pas épargnés; leur mort fut résolue, et surtout la confiscation de leurs biens, mesure si chère au sultan. Thérésias seul eut le malheur de tomber entre les mains du capidgibachi, et fut pendu aussitôt devant la porte de l'hôtel; mais l'heure suprême qui seule termine les misères et les chagrins, n'était pas encore arrivée pour Karabet. Destiné à souffrir pendant une longue vie, il s'échappa par une porte de derrière et gagna l'hôtel de l'ambassadeur d'Angleterre, où il se tint caché pendant vingt-sept jours. Au bout de ce temps, il rasa ses moustaches, quitta momentanément le turban, s'habilla à l'européenne, et, à l'aide de ce déguisement, il parvint à s'embarquer pour Odessa, où il arriva assez heureusement.

Ainsi qu'on le voit, c'était pour la troisième fois qu'il était frappé d'une condamnation à mort, et c'était pour la troisième fois qu'il était privé de ses biens, sans que jamais cependant il se fût mêlé d'aucune intrigue politique, ni qu'il eût sollicité aucun emploi de la Porte ottomane. Aussi, fatigué à l'excès de ce gouvernement du sabre, qui n'avait cessé de le dépouiller et de menacer sa tête, il renonça pour cette fois, en quittant Constantinople, à tout esprit de retour; il ne forma plus qu'un seul vœu, celui de vivre le plus éloigné possible de cette capitale, assuré qu'il était de ne jamais rencontrer une terre plus inhospitalière que sa propre patrie.

Arrivé dans le lazaret d'Odessa, Karabet apprit que ses frères avaient quitté la Krimée pour retourner en Asie, afin d'y vivre avec les revenus par eux amassés en Russie. Il se trouva donc privé de l'appui qu'il avait espéré en eux; sa position lui parut alors déplorable; il vit bien que tout repos était à jamais perdu pour lui; que désormais placé sur une mer de maux, il n'en verrait jamais les rivages. Il séjourna peu en Krimée, traversa les vastes provinces de l'empire russe pour se rendre à Saint - Pétersbourg, où il toucha une somme de six mille francs due par un correspondant, seul débris qu'il ait pu retrouver de son immense fortune. Inutilement il chercha dans cette ville les moyens d'y former un établissement de commerce. Le séjour de St.-Pétersbourg lui plaisait peu, et d'ailleurs le souvenir des sollicitations inutiles qu'il avait faites pour obtenir une indemnité, à raison de ses marchandises brûlées à Moscou, lui était désagréable. Depuis long-temps il éprouvait le désir de voir la France, ayant toute sa vie entendu vanter la douceur de son climat, l'affabilité de ses habitants et leur caractère hospitalier. Il se mit alors en route pour l'occident de l'Europe. Successivement il visita Varsovie, Berlin, Vienne, Hambourg, Londres, etc. ; enfin il arriva à Paris en 1823, où il s'occupa d'y établir un magasin de parfumeries d'Orient, au Bazar italien. Le public le voyait avec intérêt au milieu des marchands que renfermait ce vaste établissement ; son magasin était assez bien approvisionné, et les bénéfices provenant de sa vente suffisaient aux besoins de son existence, lorsqu'un incendie impitoyable, bien plus cruel pour Karabet que ne l'avait été celui de Moscou en 1812, est venu lui enlever la totalité de ses marchandises et le priver de ses dernières ressources.

Paris et la France entière ont compati aux malheurs des nombreux incendiés du Bazar, des souscriptions ont été ouvertes, quelques secours ont été réunis, et les promesses ont été prodiguées ; mais il est arrivé ce qui a lieu d'ordinaire en ces occasions : les faibles répartitions qu'on a faites sont arrivées si tard que plusieurs victimes, notamment Karabet, qui n'était pas le moins nécessiteux, ont long-temps manqué de toutes choses, même de pain. Il ne craint pas d'avouer que, ne pouvant se soumettre à tendre la main et à demander l'aumône aux passants, il lui est arrivé plusieurs fois d'être atteint par la nuit sans que son estomac eût reçu aucun aliment pendant la journée. Pour comble de malheur, un hôtelier sans pitié, qui le logeait, rue d'Enghien, ne recevant plus ses loyers accoutumés, le congédia sans

façon, en retenant une grande partie de ses vêtements; si bien que le banquier d'Ali-pacha fut
contraint de coucher dans la rue.

La munificence du roi de France, celle des
princes et princesses de la famille royale, celle de
Mgr. le duc d'Orléans, etc., qu'on n'invoque jamais en vain, arrivèrent heureusement à son secours. M. le colonel Amaouïn, ancien comman-
dant supérieur des guides de l'ex-garde, qui, né
en Égypte, n'en a pas moins servi la France pendant trente ans avec le courage et le dévouement
d'un véritable Français, ayant connaissance personnelle de la plus grande partie des malheurs de
Karabet, se chargea de le recommander aux augustes personnages dont nous venons de parler.
Par ses soins, le vieillard fut d'abord mis à l'abri
des injures du temps, et dispensé, pour vivre, de
solliciter la charité publique. Le colonel voulut
ensuite contribuer de ses deniers à l'achat de diverses marchandises et à l'établissement de l'éta-
lage que l'Arménien possède encore aujourd'hui
boulevard des Panoramas. Aussi, rempli de gra-
titude pour de si grandes bontés et de si tou-
chants procédés, Karabet obéit au pressant besoin de son cœur, en adressant publiquement ses
remercîments à M. Amaouïn, et en l'assurant
d'une profonde reconnaissance, qui ne cessera
qu'avec sa vie.

Au milieu de ses misères, il a reçu également
des témoignages d'intérêt et de bienveillance de

plusieurs autres personnes de distinction. Il serait superflu d'en citer le nombre; il se bornera à nommer M. David, ancien consul général de France à Smyrne; M. Hugues de Pouqueville, ancien consul général de France à Janina, tous les deux résidant actuellement à Paris; M. l'abbé de Kertizat, ancien aumônier de France, attaché à la station du Levant; M. le comte de Capitani de Milan, demeurant aussi à Paris; et M. Moreau, avoué près le tribunal de première instance, rue de Grammont, n° 26, qui, dans plusieurs circonstances, l'a défendu avec autant de zèle que de désintéressement.

Ne pouvant plus être qu'un pauvre marchand étalagiste, et comme ambulant, Karabet, tant de fois humilié par la fortune, s'est soumis à vendre ses parfums dans la plus humble des demeures, si toutefois on peut appeler demeure le petit renfoncement exposé à tous vents qu'il occupe au boulevard sous la galerie Frascati, lorsqu'au commencement de cette année 1828 la régie des contributions indirectes, s'imaginant qu'il faisait la contrebande des tabacs, lui a suscité un procès, et a tenté de renverser sa misérable échoppe.

Plusieurs journaux estimés, partageant la bienveillance du public pour l'Anatolite, ont rapporté avec détail les circonstances de l'affaire. Nous nous bornerons à citer les articles du Courrier des Tribunaux et du Moniteur, qui ont l'avantage de présenter un résumé assez fidèle de la vie de Karabet.

Extrait du Courrier des Tribunaux, du jeudi
17 janvier 1828.

« Un sujet du Grand-Seigneur, un fugitif de Constantinople, doit comparaître demain 18 du cou-
rant devant la septième chambre de police cor-
rectionnelle, sous la prévention d'avoir fait la
contrebande des tabacs. C'est le vieillard Karabet
Manouc-Oglou, qu'on a vu long-temps à son magasin de parfums d'Orient, au Bazar italien, et
qui, depuis l'incendie de ce Bazar, a été forcé de
se réfugier dans les échoppes de Frascati.

« On a saisi une bien faible quantité de tabac à
fumer entre les mains du fils de Mahomet (1); néanmoins, on lui demande mille francs d'amende avec
les accessoires, pour contravention à l'art. 122
de la loi du 28 avril 1816. Sans vouloir rien pré-
juger sur l'issue du procès, nous allons donner
quelques renseignements, dont la véracité nous a
été attestée, sur la vie de Karabet et sur sa position actuelle. Ses malheurs sont de nature à
exciter vivement l'intérêt du public.

« Karabet Manouc-Oglou est âgé de soixante-
douze ans. Il a passé quarante ans de sa vie à Constantinople, occupé à y faire le commerce, et prin-

----

(1) Le journaliste, trompé par l'apparence, et jugeant sur le
costume, a cru que Karabet était mahométan. Voir la note ci-
après à la suite de l'extrait du *Moniteur*.

cipalement la banque. En dernier lieu, il était l'associé de Gaspard Thérésias et banquier du célèbre Ali, pacha de Janina. Lorsque la guerre éclata entre ce terrible pacha et la Porte ottomane, le Grand-Seigneur ne tarda pas à s'emparer des trésors de Karabet et de Thérésias, et il ordonna que les deux associés fussent étranglés devant la porte de leur hôtel. Thérésias seul tomba entre les mains du capidgi-bachi. Bientôt mis à mort, il fut exposé, conformément à la sentence. Karabet, plus heureux, se sauva par une porte dérobée; il parvint à gagner l'hôtel de l'ambassadeur d'Angleterre, qui consentit à le cacher. Au bout de vingt-sept jours, le fugitif se rasa les moustaches, s'habilla à l'européenne, et réussit à s'embarquer sur un vaisseau neutre, qui le transporta à Odessa; il n'emportait avec lui qu'une faible somme d'argent. D'Odessa Karabet se rendit à Saint-Pétersbourg, où il chercha vainement des moyens d'existence. Il traversa l'Europe, et vint enfin se fixer à Paris.

« Humble débitant de parfums, au Bazar, la fortune voulut le rendre plus humble encore, et dans une nuit, son magasin, qui n'était pas assuré, devint la proie des flammes. Un état dressé par le sieur Jacob Griner, expert, constate que la perte s'est élevée à 5,378 francs.

« Réduit à vivre quelque temps d'aumônes, Karabet ne s'est point laissé abattre par l'adversité. Ayant obtenu sa part des secours que des mains augustes ont répandus sur les incendiés du Bazar, il est parvenu à rassembler un nouvel assortiment de parfums. Moins fatigué par la fortune que par l'âge, il continue de les offrir aux promeneurs du boulevard.

« Nous formons des vœux pour que le vieillard au turban soit trouvé innocent, et que le fisc n'achève pas sa perte. Il sera défendu par Me Duplantis, avocat. »

Extrait du Moniteur, du 21 janvier 1828.

« A l'appel de sa cause, le vieillard Karabet se lève gravement et va s'asseoir sur le banc des prévenus. Il est vêtu d'une longue tunique rouge descendant presque à terre. Son justaucorps brodé paraît sous sa robe entr'ouverte ; on n'y aperçoit point le poignard turc, que par respect sans doute pour le tribunal il n'a pas attaché à sa ceinture. Sa tête est couverte d'un turban de cachemire. Sa figure nous a paru vénérable et ses yeux pleins de douceur. Sa barbe est coupée, sauf ses moustaches, qui sont grises.

« Il est accompagné de M. Déodatto de Missir, négociant de Smyrne, qui lui sert d'interprète. Sur la question de M. le président, il répond, par l'organe de M. de Missir, qu'il est âgé de soixante-douze ans, qu'il a été banquier à Constantinople d'Ali, pacha de Janina ; que, par suite de proscriptions et de malheurs, il est réduit à vendre des

parfumeries d'Orient sur le boulevard des Panoramas à Paris.

« M⁰ Périn-Sérigny, avoué de la régie, donne
lecture du procès-verbal dressé le 21 octobre
dernier par les contrôleurs de la ville, lequel porte :
« Instruits que les marchands turcs placés sur le
« boulevard des Panoramas se livrent à la vente
« frauduleuse des tabacs ; après y être restés con-
« stamment depuis huit heures du matin jusqu'à
« cinq heures du soir, nous avons aperçu à cette
« heure un petit garçon qui s'est approché du
« turc, dont la boutique ambulante est placée
« entre les numéros 21 et 25, et après un entre-
« tien assez long, a reçu de lui un sac de papier
« d'un assez gros volume ; étant arrivés au même
« instant, nous avons entendu ce petit garçon de-
« mander au turc si le tabac qu'il lui avait remis
« était semblable au dernier. Nous étant alors fait
« connaître, nous avons procédé à la saisie des
« tabacs, etc. »

« Après cette lecture, M⁰ Périn conclut à la confiscation des tabacs saisis, en mille francs d'a-
mende, etc. Le débat s'engage sur le procès-verbal :
Karabet soutient qu'il venait d'acheter à l'instant
même, chez M. Ledoux, passage des Panoramas,
le tabac à fumer qu'il livrait au petit garçon, en
même qualité et dans la même enveloppe qu'il
l'avait reçu ; qu'étant connaisseur en bon tabac,
on l'avait chargé d'en choisir, et qu'il n'avait demandé qu'un seul droit de commission de 1 f. 25 c.

par kilog; que connaissant les lois du pays qui lui accordait l'hospitalité, il ne voudrait pas, malgré sa pauvreté, les violer, quand même on lui offrirait cent mille francs. Le procès-verbal et les débats se sont trouvés favorables au dire du prévenu. La parole ayant été donnée à son défenseur, Me Duplantis a dit : « Messieurs, c'est une justice « que l'on ne peut s'empêcher de rendre aux « sujets du Grand-Seigneur, aux Turcs-Arméniens « proprement dits, vivant parmi nous, qu'ils n'ont « que très-rarement des démêlés avec les tribunaux « français; qu'ils observent scrupuleusement les « réglements de police et les lois de l'état; qu'en « général ils se montrent des hommes d'honneur « et de probité; qu'enfin ils sont dignes de la pro- « tection qu'on leur accorde en France. »

« Cependant un fugitif de Constantinople, un « proscrit que nous avons accueilli lorsque sa « tête était réclamée par son souverain, le vieillard « Karabet Manouc-Oglou, chargé du poids de « plus de soixante-douze ans, vous est signalé « comme ayant enfreint les lois du pays qui le « protége, comme faisant la fraude au préjudice « de la régie. D'abord, j'avais pensé qu'on l'accu- « sait d'avoir vendu des tabacs purement étran- « gers; mais, ô surprise ! il ne s'est trouvé dans « ses mains qu'un peu de tabac fabriqué en France, « et s'il le voulait vendre, ce ne pouvait être au « préjudice de l'administration, puisqu'elle en avait « déja reçu le prix. »

« Mᵉ Duplantis établit ensuite que son client s'était simplement chargé de choisir du tabac dans le magasin des panoramas pour un chaland qui lui accordait un simple droit de commission; qu'il n'avait pas dit ni pu dire que le tabac venait de la Turquie; qu'il ne fallait pas confondre le vieillard Karabet avec certains juifs, sujets du dey d'Alger, qui empruntent le costume ottoman pour faire le commerce de parfums à Paris; qu'aucun reproche enfin ne saurait lui être adressé.

« L'avocat termine par raconter, comme moyens de considérations, une partie des malheurs de Karabet. Les juges et le public paraissent prendre intérêt au récit d'une si grande infortune survenue au déclin de sa vie.

« Condamné à être étranglé, privé violemment de « tous ses biens, le vieillard turc est poussé au tra- « vers d'une foule de misères, de son riche hôtel de « Constantinople jusqu'au Bazar italien à Paris, où « l'attendait un incendie impitoyable qui a dévoré « son faible avoir et l'a réduit à n'être depuis qu'un « marchand étalagiste des boulevards. »

« Mʳ Desparbès, avocat du roi, prend immédiatement la parole. Dans son réquisitoire bienveillant il complète en quelque sorte la défense de Karabet, et conclut à son acquittement.

« Le tribunal a renvoyé le vieillard de la prévention, sans amende ni dépens, a fait main levée de la saisie, et ordonné que le tabac lui serait rendu.

« M. Déodatto de Missir lui ayant transmis le jugement, Karabet a croisé les mains sur sa poitrine, et s'est incliné profondément devant ses juges à la manière orientale (1). »

Si les journaux et plusieurs personnages dignes de foi n'étaient pas là pour attester les malheurs de Karabet, le lecteur aurait peine à croire à la réalité de ses infortunes. Il est certain pourtant que l'imagination n'a eu aucune part à l'exposé qui vient d'en être fait; et si quelque chose étonne l'Arménien lui-même, c'est qu'il puisse survivre aux

---

(1) Plusieurs autres journaux, notamment *la Gazette des Tribunaux*, *la France Chrétienne*, *le Courrier*, etc., ont rendu compte du procès de Karabet, en exprimant l'intérêt que ce vieillard méritait. Toutefois cet intérêt a paru souffrir un peu de la pensée où étaient ces journaux, que l'Anatolite était un turc de la religion de Mahomet, croyant à l'alcoran, etc. Dans plusieurs passages, en effet, il a été désigné par eux comme un fils de Mahomet, comme un musulman, portant le poignard, tandis qu'il n'a jamais porté d'armes.

Le lecteur est prié de ne pas commettre la même erreur, et de se rappeler que Karabet est Arménien, catholique, professant la religion apostolique et romaine; qu'il tient de plus près aux Grecs, par ses habitudes et ses croyances, qu'à tous les autres sujets du Grand-Seigneur. Il est vrai qu'il porte le turban; mais c'est l'usage de ses co-religionnaires, et c'est un droit commun aux Grecs, ainsi qu'aux étrangers eux-mêmes.

privations qu'il éprouve et aux douleurs dont son ame est déchirée. Toutefois l'espérance, qui n'abandonne jamais les malheureux, lui laisse entrevoir la possibilité d'embrasser encore sa femme et ses enfants dans quelque île de l'Archipel de la Grèce, où il se rendra, et les invitera à venir le trouver. C'est pour lui procurer les moyens de faire ce doux et dernier voyage, qu'on lui a suggéré l'idée de faire imprimer sa vie et de la vendre à son profit. Tant que cet espoir l'animera, il ne se croira point inaccessible au plaisir et même au bonheur; mais on conçoit, au bout d'une longue et si douloureuse carrière, combien son cœur épuisé et flétri réclame de soulagement et surtout de repos.

FIN.